suhrkamp taschenbuch 3976

Radikal, rebellisch, eigensinnig – Hermann Hesse war zeitlebens ein unbestechlicher Geist, der überlebte Konventionen und anmaßende Autoritäten keineswegs hinnahm, sondern sie anhand eigener Erfahrungen auf ihre aktuelle Tauglichkeit hin überprüfte. In seinen Werken, die seit 1970 eine weltweite Renaissance erfahren und ihn zum meistgelesenen deutschsprachigen Autor des 20. Jahrhunderts gemacht haben, gibt es kaum eine lebenswichtige Frage, die man nicht auf zukunftsorientierte Weise thematisiert findet. 1971 hat Volker Michels, der Herausgeber der Werke Hesses, damit begonnen, u. d. T. »Lektüre für Minuten« die wichtigsten Aussagen des Dichters ausfindig zu machen. Nun, nach Abschluß der ersten Gesamtausgabe in 20 Bänden und Erschließung der ersten Hälfte von Hesses mehr als 35 000 Antworten auf Leserzuschriften, ist es möglich geworden, vollständiger als je zuvor Hesses konstruktives Weltbild in annähernd 1500 Kernaussagen zusammenzufassen. Die sechs Themenbände überliefern die gedankliche Substanz seines bisher erschlossenen Werkes und belegen einmal mehr die zeitlose Aktualität dieses Dichters.

»Was hier an Erfahrungen, Beobachtungen, Reflexionen und Appellen gesammelt und auf die knappsten Formulierungen gebracht ist, würde reichen, um Hermann Hesse unvergeßlich zu machen.«
Gerhard Mahr, Radio Bremen

Hermann Hesse
Ermutigungen

Gedanken aus seinen
Werken und Briefen

Wenn das Leben schwer zu tragen ist,
Religion und Kirche, Tod

Zusammengestellt von
Volker Michels

Suhrkamp

Umschlagmotiv:
Aquarellierte Vignette auf einem Brief
von Hermann Hesse

suhrkamp taschenbuch 3976
Erste Auflage 2008
Suhrkamp Verlag Frankfurt am Main 2008
Suhrkamp Taschenbuch Verlag

Druck: Druckhaus Nomos, Sinzheim
Printed in Germany
Umschlag: Werner Zegarzewski
ISBN 978-3-518-45976-8

1 2 3 4 5 6 – 13 12 11 10 09 08

Wenn das Leben schwer zu tragen ist

Auch in diesen dunklern Stunden,
Liebe Freunde, laßt mich gelten;
Ob ich's hell, ob trüb gefunden,
Nie will ich das Leben schelten.
Sonnenschein und Ungewitter
Sind desselben Himmels Mienen;
Schicksal soll, ob süß ob bitter,
Mir als liebe Speise dienen.
Seele geht verschlungene Pfade,
Lernet ihre Sprache lesen!
Morgen preist sie schon als Gnade,
Was ihr heute Qual gewesen.

Aus dem Gedicht »An die Freunde in schwerer Zeit«, 1915

*

Der Mensch, so wie ihn Gott gedacht und wie die Dichtung und Weisheit der Völker ihn manche tausend Jahre lang verstanden hat, ist geschaffen mit einer Fähigkeit, sich zu freuen an Dingen, auch wenn sie ihm nicht nützen, mit einem Organ für das Schöne. An der Freude des Menschen am Schönen haben stets Geist und Sinne in gleichem Maße teil, und solange Menschen fähig sind, sich mitten in den Drangsalen und Gefährdungen ihres Lebens solcher Dinge zu freuen: eines Farbenspieles in der Natur oder im gemalten Bilde, eines Anrufes in den Stimmen der Stürme und des Meeres oder einer von

Menschen gemachten Musik, solange ihnen hinter der Oberfläche der Interessen und Nöte die Welt als Ganzes sichtbar oder fühlbar werden kann, worin vom Kopfdrehen einer spielenden jungen Katze bis zum Variationenspiel einer Sonate, vom rührenden Blick eines Hundes bis zur Tragödie eines Dichters ein Zusammenhang, ein tausendfältiger Reichtum an Beziehungen, Entsprechungen, Analogien und Spiegelungen besteht, aus deren ewig fließender Sprache den Hörern Freude und Weisheit, Spaß und Rührung zuteil wird – solange wird der Mensch seiner Fragwürdigkeiten immer wieder Herr werden und seinem Dasein immer wieder Sinn zuschreiben können, denn der »Sinn« ist ja eben jene Einheit des Vielfältigen, oder doch jene Fähigkeit des Geistes, den Wirrwarr der Welt als Einheit und Harmonie zu ahnen.

Aus »Glück«, 1949

*

Man muß sich nur immer wieder an das Lebendige halten. Der »Geist« läßt uns oft im Stich, und selten ist er so viel wert wie das, was uns nur für ein wenig Liebe und Geduld die Natur gibt: mit einer Katze spielen, oder ein Feuer anzünden, oder den Wolken zusehen, das alles sind Quellen, an die man bloß zu klopfen braucht.

Aus einem Brief vom Februar 1923
an seine Schwester Marulla

*

Je verrückter und kränker die Gemeinschaften und die Staatsapparate sind, desto mehr müssen wir uns von den

Gräsern und Blumen erfreuen und belehren lassen, die auch auf Schlachtfeldern und zwischen Trümmerhaufen verbombter Städte das Ihre tun.

Aus einem Brief vom Oktober 1951 an Ludwig Tügel

*

Trost liegt in der Einsicht, daß unser Ich nichts Festes und Dauerndes ist, und sich stets an der Einheit der Welt wieder heilen kann.

Aus einer Postkarte, 1926 an Martha Wegmann

*

Voll Blüten

Voll Blüten steht der Pfirsichbaum,
Nicht jede wird zur Frucht,
Sie schimmern hell wie Rosenschaum
Durch Blau und Wolkenflucht.

Wie Blüten gehn Gedanken auf,
Hundert an jedem Tag –
Laß blühen! Laß dem Ding den Lauf!
Frag nicht nach dem Ertrag!

Es muß auch Spiel und Unschuld sein
Und Blütenüberfluß,
Sonst wär die Welt uns viel zu klein
Und Leben kein Genuß.

1918

Ich wollte [die Menschen] lehren, auf den Herzschlag der Erde zu hören, am Leben des Ganzen teilzunehmen und im Drang ihrer kleinen Geschicke nicht zu vergessen, daß wir nicht Götter und von uns selbst geschaffen, sondern Kinder und Teile der Erde und des kosmischen Ganzen sind. Ich wollte daran erinnern, daß gleich den Liedern der Dichter und gleich den Träumen unsrer Nächte auch Ströme, Meere, ziehende Wolken und Stürme Symbole und Träger der Sehnsucht sind, welche zwischen Himmel und Erde ihre Flügel ausspannt und deren Ziel die zweifellose Gewißheit vom Bürgerrecht und von der Unsterblichkeit alles Lebenden ist.

Aus »Peter Camenzind«, 1903

*

Ob ich ein Moos, einen Kristall, eine Blume, einen goldenen Käfer bewundere oder einen Wolkenhimmel, ein Meer mit den gelassenen Riesen-Atemzügen seiner Dünungen, einen Schmetterlingsflügel mit der Ordnung seiner kristallenen Rippen, dem Schnitt und den farbigen Einfassungen seiner Ränder, der vielfältigen Schrift und Ornamentik seiner Zeichnung und den unendlichen, süßen, zauberhaft gehauchten Übergängen und Abtönungen der Farben – jedesmal wenn ich mit dem Auge oder mit einem andern Körpersinn ein Stück Natur erlebe, wenn ich von ihm angezogen und bezaubert bin und mich seinem Dasein und seiner Offenbarung für einen Augenblick öffne, dann habe ich in diesem selben Augenblick die ganze habsüchtige blinde Welt der menschlichen Notdurft vergessen, und statt zu denken oder zu befehlen, statt zu erwerben oder auszubeuten, zu bekämpfen oder zu organisieren, tue ich für diesen Augenblick nichts anderes als »erstaunen« wie Goethe, und mit diesem Erstaunen bin ich nicht nur Goethes und aller andern Dichter und Weisen Bruder geworden, nein, ich bin auch der Bruder alles dessen, was ich bestaune und als lebendige Welt erlebe: des Falters, des Käfers, der Wolke, des Flusses und Gebirges, denn ich bin auf dem Weg des Erstaunens für einen Augenblick der Welt der Trennungen entlaufen und in die Welt der Einheit eingetreten, wo ein Ding und Geschöpf zum andern sagt: »Tat twam asi«. (»Das bist Du.«)

Aus »Über Schmetterlinge«, 1935

*

Je mehr der Mensch in der Hölle lebt, desto nötiger braucht er eine Melodie, einen Vers, ein Bild, eine Erinnerung an alles, was im Moment vernichtet scheint und es doch nicht ist.

Aus einem Brief vom Februar 1939 an Alfred Kubin

*

Es gilt inmitten einer übergewaltigen Maschinerie die Natur zurückzuerobern, nach einem erschöpfenden Tagwerk die Einkehr zu ermöglichen, es gilt den Mittelpunkt der Zentrifuge zu erreichen. Hilfreiche Mächte dabei sind die Natur, die Musik, vor allem aber die eigene Schöpferkraft.

Aus einem Brief vom Dezember 1958
an einen unbekannten Leser

Zusammenhang

Aus lang verschwundener Völker Liedern her
Klingt oft ein Ton verwandt uns bis ins Herz,
Daß wir betroffen und mit halbem Schmerz
Hinüberlauschen, ob dort Heimat wär.

So auch ist unsres Herzschlags Ab und Auf
In festem Bann geknüpft ans Herz der Welt,
Das unsern Schlaf und unser Wachen hält
Im Einklang mit der Sonn' und Sterne Lauf.

Und unsrer wildesten Wünsche trübe Flut
Und unsrer frechsten Träume Fieberbrand
Ist Geist vom Urgeist, der noch nie geruht.

So gehn wir, unsre Fackeln in der Hand,
Gezeugt, genährt von uralt heiliger Glut
Und ewig neuen Sonnen zugewandt.

1912

*

Durch die Düsterkeit der Welt und ihre teuflische Bedrohung sollen wir uns nicht einschüchtern und verbittern lassen. Ob diese Welt morgen untergehe oder nicht, ist nicht unsre Sorge noch unsre Verantwortung, wir müssen und wollen das, was uns an ihr noch erfreulich ist, und sei es nur der Himmel mit seinem zauberhaften Gewölk, so lang kosten und preisen, als wir da sind.

Aus einem Brief vom August 1959 an Hanns Meinke

Alle Tage rauscht die Fülle der Welt an uns vorüber; alle Tage blühen Blumen, strahlt das Licht, lacht die Freude. Manchmal trinken wir uns daran dankbar satt, manchmal sind wir müde und verdrießlich und mögen nichts davon wissen; aber immer umgibt uns ein Überfluß des Schönen. *Aus »Lindenblüte«, 1907*

*

Der Wein als Ausgleicher, Tröster, Besänftiger und Träumespender ist ein viel vornehmerer und schönerer Gott, als seine vielen Feinde uns neuestens glauben machen möchten. Aber er ist nicht für jedermann. Ihn künstlerisch und weise zu lieben und zu genießen und seine schmeichlerische Sprache in ihrer ganzen Zartheit zu verstehen, dazu muß einer so gut wie zu anderen Künsten von Natur begabt sein.

Aus »Die Kunst des Müßiggangs«, 1904

*

Beim Wein

Zuweilen freut es mich, still und allein
In kühler Stube ruhevoll zu zechen,
Mit einem alten, liebgewordenen Wein
Ein gutes, treues Freundeswort zu sprechen.

Dann wünsch ich hoffend mir die Zeit herbei,
Daß mir und meiner Pilgerfahrt auf Erden
Doch noch einmal, ob es auch in Schmerzen sei,
Der reinen Reife Tage kommen werden.

Dann aber sei ein Freund mir auch beschert,
Der meines Lebens überfüllten Becher
Mit dankbar schonendem Genusse ehrt,
Dem reifen Wein ein ebenbürtger Zecher.

1902

*

Er hat mich Einsiedler und Bauern zum König, Dichter und Weisen gemacht. Leer gewordene Lebenskähne belastet er mit neuen Schicksalen und treibt Gestrandete in die eilige Strömung des großen Lebens zurück. So ist der Wein. Doch ist es mit ihm wie mit allen köstlichen Gaben und Künsten. Er will geliebt, gesucht, verstanden und mit Mühen gewonnen sein. *Aus »Peter Camenzind«, 1903*

*

Schönes Heute

Morgen – was wird morgen sein?
Trauer, Sorge, wenig Freude,
Schweres Haupt, vergoßner Wein –
Du sollst leben, schönes Heute!
Ob die Zeit im schnellen Flug
Wandelt ihren ewigen Reigen,
Dieses Bechers voller Zug
Ist unwandelbar mein eigen.
Meiner losen Jugend Brand
Lodert hoch in diesen Tagen.
Tod, da hast du meine Hand,
Willst du mich zu zwingen wagen?

1903

Ein in Freude oder Zorn getrunkener Rausch kann befreiend, lustig, liebenswürdig sein, während der halbwache Dusel des Wirtshausbruders, der sein Leben auf eine bequeme, langsam träge Weise zerstört, stets ein Jammer und Ekel ist. *Aus »Freunde«, 1907/08*

*

Wie ich in Berg und Fels die Urkräfte der Schwere, im Tier die Beweglichkeit und angestrebte Freiheit sehe und liebe, so sehe ich im Menschen (der jenes alles ja auch mit darstellt) vor allem jene Form und Äußerungsmöglichkeit des Lebens, die wir »Seele« nennen und die uns Menschen nicht nur eine beliebige Lebensstrahlung unter tausend anderen zu sein scheint, sondern eine besondere, eine auserwählte, hochentwickelte, ein Endziel. Denn einerlei, ob wir materialistisch oder idealistisch oder sonstwie denken, ob wir die »Seele« als Göttliches oder als verbrennende Materie uns denken – wir kennen sie doch alle und werten sie hoch; für jeden von uns ist beseelter Menschenblick, ist Kunst, ist Seelengestaltung die oberste, jüngste, wertvollste Stufe und Welle alles organischen Lebens ... Arme, herrliche Seele, wo du bist, da ist Revolution, ist Bruch mit Verkommenem, ist neues Leben, ist Gott. Seele ist Liebe, Seele ist Zukunft, und alles andere ist nur Ding, nur Stoff, nur Hindernis, unsere göttliche Kraft im Formen und im Zerbrechen daran zu üben. *Aus »Von der Seele«, 1917*

*

Ich bin oft müde und ohne Glauben und Mut, aber ich glaube, man muß diese Zustände nicht eigentlich bekämpfen, sondern sich ihnen überlassen, einmal weinen; einmal gedankenlos brüten, und nachher zeigt sich, daß inzwischen die Seele doch gelebt hat und irgend etwas in einem vorwärts gegangen ist.

Aus einem Brief vom 12. 2. 1922 an Emmy Ball-Hennings

*

Alle Bücher der Welt voll Gedanken und Gedichten sind nichts gegen eine Minute Schluchzens, wo Gefühl in Strömen wogt, die Seele tief in sich selber fühlt und findet. Tränen sind schmelzendes Seeleneis, dem Weinenden sind alle Engel nah. *Aus »Eine Traumfolge«, 1916*

*

Kennst du das auch?

Kennst du das auch, daß manchesmal
Inmitten einer lauten Lust,
Bei einem Fest, in einem frohen Saal,
Du plötzlich schweigen und hinweggehn mußt?

Dann legst du dich aufs Lager ohne Schlaf
Wie Einer, den ein plötzlich Herzweh traf;
Lust und Gelächter ist verstiebt wie Rauch,
Du weinst, weinst ohne Halt – Kennst du das auch?

1901

*

Wir ersticken in der für uns nicht atembaren Luft der Maschinenwelt und der barbarischen Notdurft, die uns umgibt, aber wir lösen uns nicht vom Ganzen, wir nehmen dies Ersticken und Leiden an als unsern Teil am Weltgeschick, als unsere Sendung, als unsere Prüfung. Wir glauben an keines von den Idealen dieser Zeit ... Aber wir glauben, daß der Mensch unsterblich ist und daß sein Bild aus jeder Entstellung wieder genesen, aus jeder Hölle geläutert hervorgehen kann ... Wir verhehlen nicht, daß die Seele der Menschheit in Gefahr und nahe am Abgrund ist. Wir dürfen aber auch nicht verhehlen, daß wir an ihre Unsterblichkeit glauben.

Aus »Bekenntnis des Dichters«, 1927

*

Die Berührungen mit Roheit und Neid, Schadenfreude und oft unbegreiflichem Haß in unserer Umwelt sind immer schrecklich, obwohl wir ja wissen sollten, daß es so ist, daß die Mehrheit der Menschen nur Halbmenschen sind und viele Bestien darunter. Wir sind von der Gemeinheit ebenso umgeben und bedroht wie vom Tode. Unser Erschrecken darüber hängt wohl damit zusammen, daß wir zwar die Gemeinheit nicht mit Gemeinheit erwidern, daß wir aber heimlich doch wissen oder ahnen, daß die Lebensbedingungen der meisten Menschen unwürdig sind und naturnotwendig Gemeinheit erzeugen müssen, und daß wir etwas besser Erzogenen, Gebildeteren und Verwöhnteren heimlich doch teilhaben an der Schrecklichkeit der Zustände.

Aus einem Brief vom Juni 1946 an Johanna Attenhofer

Mein Glaube an eine gewisse Stabilität des Menschen ist sehr groß, ich glaube, daß er von jeder Teufelei am Ende mit schlechtem Gewissen erwacht und daß jeder Korruption ein neues Verlangen nach Sinn und Ordnung folgt.

Aus einem Brief vom Dezember 1939 an Max Herrmann-Neiße

*

Einen andern Trost dem Unsinn der Weltgeschichte gegenüber weiß ich nicht, als soviel wie irgend möglich in der Gegenwart zu leben, präsent zu sein, so wie man es beim Hören guter Musik ist. Je mehr man sich von der gegenwärtigen Stunde entfernt und dem Vielleicht des Übermorgen zuwendet, desto anfälliger wird man für die Krankheit der Angst

Aus einem Brief um 1952 an Gisela Kleine

*

Manchmal

Manchmal scheint uns alles falsch und traurig,
Wenn wir schwach und müd in Schmerzen liegen,
Jede Regung will zur Trauer werden,
Jede Freude hat gebrochne Flügel,
Und wir lauschen sehnlich in die Weiten
Ob von dorther neue Freude käme.

Aber keine Freude kommt, kein Schicksal
Je von außen uns. Ins eigene Wesen

Müssen wir, vorsichtige Gärtner, lauschen,
Bis von dort mit Blumenangesichtern
Neue Freuden wachsen, neue Kräfte.

1917

*

Herrgott, was ist das für eine Welt, in der man kein feiner Kerl sein kann, ohne Neurotiker zu werden!

Aus einem Brief vom 5. 8. 1916 an Hildegard Neugeboren

*

Es wird einmal dahin kommen, daß das Wort »pathologisch« seine Bedeutung verliert. Es wird dahin kommen, daß man auch auf dem Gebiet der Krankheiten und Gesundheiten die Relativität entdeckt und wahrnimmt, daß die Krankheiten von heute die Gesundheiten von morgen sein können und daß nicht immer das Gesundbleiben das untrüglichste Symptom für Gesundheit ist.

Aus »Notizen zum Thema Dichtung und Kritik«, 1930

*

Die Krankheiten von heute können die Gesundheiten von morgen sein und umgekehrt. Wenn jene Geld- und Maschinenmenschen glücklich noch eine Generation lang weiter vertrottelt sind, werden sie vielleicht Ärzte und Lehrer bezahlen, die sie wieder in die Geheimnisse des Schönen und der Seele einführen.

Aus »Spätsommerblumen«, 1928

Was ist groß oder klein, wichtig oder unwichtig? Die Psychiater erklären einen Menschen für gemütskrank, der auf kleine Störungen, kleine Reizungen, kleine Beleidigungen seines Selbstgefühls empfindlich und heftig reagiert, während derselbe Mensch vielleicht Leiden und Erschütterungen gefaßt erträgt, welche der Majorität sehr schlimm erscheinen. Und ein Mensch gilt für gesund und normal, dem man lange auf die Zehen treten kann, ohne daß er es merkt, der die elendeste Musik, die kläglichste Architektur, die verdorbenste Luft klaglos und beschwerdelos erträgt, der aber auf den Tisch haut und den Teufel anruft, sobald er beim Kartenspiel ein bißchen verliert. Ich habe in Wirtshäusern schon sehr häufig Menschen von gutem Ruf, die für durchaus normal und ehrenwert gelten, wegen eines verlornen Spiels ... so fanatisch, so grob, so säuisch fluchen und toben hören, daß ich sehr das Bedürfnis fühlte, beim nächsten Arzt die Internierung dieser Unglücklichen zu beantragen.

Aus »Kurgast«, 1923

*

Schicksalstage

Wenn die trüben Tage grauen,
Kalt und feindlich blickt die Welt,
Findet scheu sich dein Vertrauen
Ganz auf dich allein gestellt.

Aber in dich selbst verwiesen
Aus der alten Freuden Land,

Siehst du neuen Paradiesen
Deinen Glauben zugewandt.

Als dein Eigenstes erkennst du,
Was dir fremd und feind erschien,
Und mit neuen Namen nennst du
Dein Geschick und nimmst es hin.

Was dich zu erdrücken drohte,
Zeigt sich freundlich, atmet Geist,
Ist ein Führer, ist ein Bote,
Der dich hoch und höher weist.

1918

*

Jeder strahlt sein Schicksal selber aus. Weisheit ist: es als Bild seiner selbst erkennen und nicht eine rohe »äußere« Macht darin sehen.

Aus einem Brief um 1919 an Carl Seelig

*

Ich glaube: daß das an sich sinnlose und nichts als grausame Menschenleben dem Einzelnen die Möglichkeit läßt, gegen hohen Einsatz es mit Sinn und Schönheit anzufüllen. Ich finde aber selten einen, der dazu nicht lächelt ... [Man] flieht entweder in ein privates Vergessen oder Trauern oder rüstet sich zum Kampf, um Gewalt mit Gewalt zu erwidern und eine nächste Zeit mit Kanonen und Gas vorzubereiten.

Aus einem Brief vom Mai 1933 an Lisa Tetzner

Einsame Nacht

Die ihr meine Brüder seid,
Arme Menschen nah und ferne,
Die ihr im Bezirk der Sterne
Tröstung träumet eurem Leid,
Die ihr wortelos gefaltet
In die blaß gestirnte Nacht
Schmale Dulderhände haltet,
Die ihr leidet, die ihr wacht,
Arme, irrende Gemeinde,
Schiffer ohne Stern und Glück –
Fremde, dennoch mir Vereinte,
Gebt mir meinen Gruß zurück!

1901

*

Gegen die Infamitäten des Lebens sind die besten Waffen: Tapferkeit, Eigensinn und Geduld. Die Tapferkeit stärkt, der Eigensinn macht Spaß und die Geduld gibt Ruhe. Leider findet man sie gewöhnlich erst spät im Leben, und im Verwittern und Absterben hat man sie auch meistens nötig.

Aus einem Brief vom 23.7.1950 an Maximilian Spaeth

*

Geduld ist für den Geist das Schwerste. Es ist das Schwerste und ist das Einzige, was zu lernen sich lohnt. Alle Natur, alles Wachstum, aller Friede, alles Gedeihen und Schöne in der Welt beruht auf Geduld, braucht Zeit, braucht Stille, braucht Vertrauen, braucht den Glauben an langfristige Dinge und Prozesse von viel längerer Dauer, als ein einzelnes Leben dauert, den Glauben an Zusammenhänge und Dinge, die keiner Einsicht eines Einzelnen zugänglich und in ihrer Gänze nur von Völkern und Zeitaltern, nicht von Personen erlebbar sind.

Aus einem Tagebuch des Jahres 1920, revidierte Fassung 1960

*

Über dem Elend, von dem der Tod uns befreien wird, besteht die Welt der ewigen Gesetze und Werte fort, und in jedem Augenblick, in dem wir uns innerlich genügend lösen und reinigen, können wir diesen göttlichen Äther einatmen und an ihm teilhaben.

Aus einem Brief vom November 1946 an Ilse Blumenthal-Weiss

*

Das langsame, langweilige Sterben genügt den Existentialisten ja sogar schon als Inhalt einer Philosophie, so wie umgekehrt den Kommunisten ein bißchen knabenhafter Optimismus und eine dürre witzlose Ideologie genügt, um darauf die Hoffnung auf Erneuerung der Welt zu bauen. Lassen wir die Welt, wie sie ist, und mischen wir dem bitteren Trank immer wieder ein paar Tropfen Nektar bei!

Aus einem Brief vom Mai 1951 an Erich Weber

Der Blütenzweig

Immer hin und wider
Strebt der Blütenzweig im Winde,
Immer auf und nieder
Strebt mein Herz gleich einem Kinde
Zwischen hellen, dunklen Tagen,
Zwischen Wollen und Entsagen.

Bis die Blüten sind verweht
Und der Zweig in Früchten steht,
Bis das Herz, der Kindheit satt,
Seine Ruhe hat
Und bekennt: voll Lust und nicht vergebens
War das unruhvolle Spiel des Lebens.

1913

*

Heimat ist etwas, was es nicht gibt. Auch zu Hause und mitten unter den Ihren werden Sie oft genug dies Gefühl von Entwurzeltsein wieder spüren ... Ein Mann hat seine Heimat immer nur da, wo er arbeitet und Wertvolles leistet, ohne das fühlt er sich nirgends wohl.

Aus »Die Nikobaren«, 1913

*

Die Sehnsucht nach verlorener Heimat ist ganz ähnlich der Trauer um die Kindheit und den Kinderglauben. Wir müssen diese Sehnsucht nicht hegen und pflegen und an ihr krank werden, sondern diese Seelenkraft der Gegenwart und Wirklichkeit zuwenden. Ein sehr großer Teil der Menschheit ist heute heimatlos und muß durch Hingabe an die neuen Orte, Menschen und Aufgaben sich die Fremde zur Heimat zu machen versuchen.

Aus einem Brief vom Februar 1960
an einen jungen Menschen

*

Kein Trost

Zur Urwelt führt kein Weg zurück.
Es gibt kein Sternenheer,
Kein Wald und Strom und Meer
Der Seele Trost und Glück.

Es ist nicht Baum noch Fluß, noch Tier
Dem Herzen zu erreichen;
Trost wird im Herzen dir
Allein bei deinesgleichen.

1911

*

Heimweh ist eine schöne Sache, und ich bin der letzte, der sich darüber als über eine Sentimentalität lustig machen würde. Aber Gefühle und Phantasien haben das an sich, daß sie bis zu einer gewissen Steigerung an Macht und Schönheit und Wert gewinnen, darüber hinaus aber wieder flau und faul werden – dann ist es Zeit, andere Phantasien, andere Empfindungsreihen aufsteigen zu lassen aus der unerschöpflichen Schlucht unserer Seele. *Aus der Rezension »Sehnsucht nach Indien«, Dezember 1925*

*

Das liebste und schönste Haus der Welt mit den schönsten Sachen und Erinnerungen drin kann auch zum Kerker werden, und es mit einem Dampfer zu vertauschen, der zu neuen Ufern und Aspekten trägt, kann auch Erlösung sein, so wie eine chirurgische Operation das sein kann. *Aus einem Brief vom 20.3.1945 an F. Max Herzog*

*

Ich bin im ganzen gegen das Heroische, und so auch gegen die Stoa, eher mißtrauisch und habe es in meinem eigenen Leben mit seltenen Ausnahmen so gehalten, daß ich für den kürzesten Weg durch die Welt der Schmerzen den ansah, der mitten durch den Schmerz hindurchführt. *Aus einem Brief vom Mai 1935 an Joseph Feinhals*

*

Sobald das Leid groß genug ist, geht es vorwärts ... Verzweiflung ist das Ergebnis jedes ernstlichen Versuches, das Menschenleben zu begreifen und zu rechtfertigen. Verzweiflung ist das Ergebnis eines jeden ernstlichen Versuches, das Leben mit der Tugend, mit der Gerechtigkeit, mit der Vernunft zu bestehen und seine Forderungen zu erfüllen. *Aus »Die Morgenlandfahrt«, 1930/31*

Die Verzweiflung schickt uns Gott nicht, um uns zu töten, er schickt sie uns, um neues Leben in uns zu erwecken. *Aus »Das Glasperlenspiel«, 1931-1942*

*

Nehmen Sie Ihr Leid als eine Auszeichnung, als einen Orden, mit dem Sie hervorgehoben werden, als eine Erweckung zu höherem Menschentum.

Aus einem Brief vom 2. 3. 1932 an Frau R. v. d. O.

*

Verzweiflung ist besser als die dumpfe Angst des Bürgers, welcher erst dann zum Heldentum greift, wenn er seinen Geldbeutel bedroht sieht.

Aus »Zarathustras Wiederkehr«, 1919

*

Wir leben heute alle in Verzweiflung, alle wachen und leidensfähigen Menschen, und sind damit zwischen Gott und das Nichts gestellt. Zwischen ihnen atmen wir aus und ein, schwingen und pendeln. Wir hätten jeden Tag Lust, das Leben hinzuwerfen, und werden doch von dem Teil in uns gehalten, der überpersönlich ist. So wird unsere Schwäche, ohne daß wir darum Helden wären, zur Tapferkeit. Und wir retten ein wenig vom überlieferten Glauben für die Kommenden.

Aus einem Brief vom Sommer 1948 an Gertrud Bukowski

Es gibt für jedes Leid eine Grenze, bis wohin es Leid ist. Dann hat es entweder sein Ende, oder es verwandelt sich, nimmt andre Lebensfarben an, tut vielleicht noch weh, aber Schmerz ist dann Hoffnung und Leben.

Aus »Einkehr«, 1918/19

*

Es sind immer die »gesunden« Menschen, welche plötzlich umfallen und an einem Luftzug sterben. Es sind die, welche nicht leiden gelernt haben, Leiden macht zäh, Leiden stählt. *Aus »Zarathustras Wiederkehr«, 1919*

*

Späte Prüfung

Nochmals aus des Lebens Weiten
Reißt mich Schicksal hart ins Enge,
Will in Dunkel und Gedränge
Prüfung mir und Not bereiten.

Alles scheinbar längst Erreichte,
Ruhe, Weisheit, Altersfrieden,
Reuelose Lebensbeichte –
War es wirklich mir beschieden?

Ach, es ward von jenem Glücke
Aus den Händen mir geschlagen
Gut um Gut und Stück um Stücke;
Aus ist's mit den heitern Tagen.

Scherbenberg und Trümmerstätte
Ward die Welt und ward mein Leben.
Weinend möcht ich mich ergeben,
Wenn ich diesen Trotz nicht hätte,

Diesen Trotz im Grund der Seele,
Mich zu stemmen, mich zu wehren,
Diesen Glauben: was mich quäle,
Müsse sich ins Helle kehren,

Diesen unvernünftig zähen
Kinderglauben mancher Dichter
An unlöschbar ewige Lichter,
Die hoch über allen Höllen stehen.

1944

*

Wenn man jemand fürchtet, dann kommt es daher, daß man diesem Jemand Macht über sich eingeräumt hat.

Aus »Demian«, 1917

*

Man hat nur Angst, wenn man mit sich selber nicht einig ist.

Aus »Demian«, 1917

*

Keine Rast

Seele, banger Vogel du,
Immer wieder mußt du fragen:
Wann nach so viel wilden Tagen
Kommt der Friede, kommt die Ruh?

O ich weiß: kaum haben wir
Unterm Boden stille Tage,
Wird vor neuer Sehnsucht dir
Jeder liebe Tag zur Plage.

Und du wirst, geborgen kaum,
Dich um neue Leiden mühen
Und voll Ungeduld den Raum
Als der jüngste Stern durchglühen.

1913

*

Vor allem aber kommt es darauf an, wie man sich innen einstellt, ob man das Schwere schwer und steif nimmt oder elastisch. Durch bloßen Entschluß sich die Schwere nehmen und sich wieder den Schwung geben kann man ja nicht, aber es ist gut, daran zu denken und das Vertrauen auf die Flügel nicht zu verlieren, auch wenn sie grade müd und reparaturbedürftig sind.

Aus einem Brief vom 7.2.1923 an seine Schwester Adele

*

Es [gibt] in der Natur keine Güte und Vernunft. Aber es gibt Güte und Vernunft in uns, in uns Menschen, mit denen der Zufall spielt, und wir können stärker sein als die Natur und als das Schicksal, sei es auch nur für Stunden … Und manchmal, wenn die finstere Tiefe schweigt, können wir noch mehr. Da können wir für Augenblicke Götter sein, befehlende Hände ausstrecken und Dinge schaffen, die vordem nicht waren und die, wenn sie geschaffen sind, ohne uns weiterleben. Wir können aus Tönen und aus Worten und aus andern gebrechlichen wertlosen Dingen Spielwerke erbauen, Weisen und Lieder voll Sinn und Trost und Güte, schöner und unvergänglicher als die grellen Spiele des Zufalls und Schicksals. Wir können Gott im Herzen tragen, und zuzeiten, wenn wir seiner innig voll sind, kann er aus unsern Augen und aus unsern Worten schauen und auch zu andern reden, die ihn nicht kennen oder kennen wollen.

Aus »Gertrud«, 1908/09

*

Neben den Gaben des Geistes und der Kunst sind die der Natur die einzigen, die uns nicht im Stich lassen, wenn es wirklich ernst wird.

Aus einem Brief, 1940er Jahre an Erna Klärner

*

Die Beschäftigung mit Erde und Pflanzen kann der Seele eine ähnliche Entlastung geben wie die Meditation.

Aus einem Brief vom Herbst 1955 an Johanna Attendorfer

Im Tierischen ist der Mensch, eben weil er auch noch den Geist dazu mißbrauchen kann, sehr viel wilder und böser als jedes Tier.

Aus einem Brief vom Mai 1934 an Alfred Schlenker

*

Der Glaube an die Menschheit, das heißt daran, daß der Sinn für Wahrheit, das Bedürfnis für Ordnung dem Menschen innewohnt und nicht umzubringen ist, hält mich über Wasser.
Ich sehe im übrigen die heutige Welt wie ein Irrenhaus und schlechtes Sensationsstück an, oft bis zum tiefsten Ekel degoutiert, aber doch so, wie man Irre und Besoffene ansieht, mit dem Gefühl: wie werden die sich schämen, wenn sie eines Tages wieder zu sich kommen sollten! *Aus einem Brief vom 8.7.1938 an Rudolf Jakob Humm*

*

Ein objektiver und allen gemeinsamer Sinn des Lebens ist nicht erkennbar. Der Primitive lebt es wie das Tier, triebhaft und ohne das Bedürfnis, um einen Sinn zu wissen. Der Differenzierte lebt schwieriger und dennoch schöner. Für unsereinen hat das Leben genau so viel Sinn, als wir ihm zu geben imstande sind. Ob einer den Sinn in der Kunst oder in den Wissenschaften sehe, ob er Sinn und Seele zum weisen Genuß des Schönen erziehe oder seine moralische Vervollkommnung anstrebe – es sind lauter Werte, die genügen, um das Leben lebenswert zu machen.

Aus einem Brief vom Herbst 1946 an Richard M. Röhnisch

Phantasie ist die Mutter der Zufriedenheit, des Humors, der Lebenskunst. Phantasie gedeiht nur auf dem Grunde eines innigen Einverständnisses zwischen dem Menschen und seiner sachlichen Umgebung. Diese Umgebung braucht nicht schön, nicht eigentümlich, nicht reizend zu sein. Wir müssen nur Zeit haben, mit ihr zu verwachsen, und daran fehlt es heute überall.

Aus »Von der alten Zeit«, 1907

*

Unsereiner lebt nicht leicht, und empfindet oft die Umwelt als brutal oder als kindisch. Aber wir haben diese Umwelt weder zu fliehen noch sie zu ändern; wir haben ihr so viel zu geben, als wir ohne Schaden von unserm Besten geben können, und sie zu benützen und uns ihr zu fügen, so wie wir unsere eigene Natur, unsern Körper benützen und uns ihm fügen, wo er der stärkere ist.

Aus einer Postkarte vom Juli 1938 an Hedwig Weiner

*

Meistens zeigt es sich, daß das Leiden desto weher tut, je mehr man sich dagegen wehrt, je mehr man sich selber oder das Schicksal anklagt und ändern will. Nachgeben, sich sinken lassen, gar nicht mehr denken und suchen … das ist nicht der schlechteste Weg, um zu finden, daß jedes Leid einen Boden hat.

Aus einem Brief vom Januar 1933 an seine Schwester Marulla

*

Mit körperlichen Schmerzen fertig zu werden, wenn sie länger dauern, ist gewiß etwas vom Schwierigsten. Die Heldennaturen wehren sich gegen den Schmerz, suchen ihn zu leugnen und beißen die Zähne zusammen, in der Art der römischen Stoiker, aber so hübsch diese Haltung ist, so neigen wir doch dazu, an der Echtheit der Schmerzüberwindung zu zweifeln. Meinerseits bin ich mit starken Schmerzen immer am besten fertig geworden, wenn ich mich nicht gegen sie gewehrt habe, sondern mich ihnen überlassen habe, so wie man sich einem Rausch oder einem Abenteuer überläßt.

Aus einem Brief vom Februar 1930 an Georg Reinhart

*

Auch das Kranksein ist ein Lebensprozeß und will sein Recht haben.

Aus einem Brief vom 10. 3. 1923 an Volkmar Andreä

*

Es gibt den Frieden, gewiß, aber nicht einen, der dauernd in uns wohnt und uns nicht mehr verläßt. Es gibt nur einen Frieden, der immer und immer wieder mit unablässigen Kämpfen erstritten wird und von Tag zu Tag neu erstritten werden muß.

Aus »Narziß und Goldmund«, 1927-1929

*

Es kommt alles wieder, was nicht bis zum Ende gelitten und gelöst wird. *Aus »Siddhartha«, 1919-1922*

*

Wir können einander verstehen, aber deuten kann jeder nur sich selbst. *Aus »Demian«, 1917*

*

Wir leben hin ...

Wir leben hin in Form und Schein
Und ahnen nur in Leidestagen
Das ewig wandellose Sein,
Von dem uns dunkle Träume sagen.

Wir freuen uns an Trug und Schaum,
Wir gleichen führerlosen Blinden,
Wir suchen bang in Zeit und Raum,
Was nur im Ewigen zu finden.

Erlösung hoffen wir und Heil
In wesenlosen Traumesgaben –
Da wir doch Götter sind und teil
Am Urbeginn der Schöpfung haben.

1907

*

Man darf die Sehnsucht nicht unterdrücken, man muß sich ihr hingeben.

Aus einem Brief vom Oktober 1956 an Inge Bischoff

Alle Dinge, die man gegen sein Gefühl und gegen sein inneres Wissen tut, anderen zuliebe, sind nicht gut, und müssen früher oder später teuer bezahlt werden.

Aus einem Brief vom 9.3.1923 an Lisa Wenger

*

Je mehr wir von uns verlangen oder je mehr unsere jeweilige Aufgabe von uns verlangt, desto mehr sind wir auf die Kraftquelle der Meditation angewiesen, auf die immer erneute Versöhnung von Geist und Seele ... Die wirklich großen Männer der Weltgeschichte haben alle entweder zu meditieren verstanden oder doch unbewußt den Weg dorthin gekannt, wohin Meditation uns führt. Die andern, auch die begabtesten und kräftigsten, sind alle am Ende gescheitert und unterlegen, weil ihre Aufgabe, oder ihr ehrgeiziger Traum, so von ihnen Besitz ergriff, daß sie die Fähigkeit verloren, sich immer wieder vom Aktuellen zu lösen und zu distanzieren.

Aus »Das Glasperlenspiel«, 1931-1942

*

Es tut gerade in schwerer Zeit nichts so wohl, als sich der Natur hinzugeben, nicht passiv oder genießend, sondern schaffend.

Aus einem Brief vom November 1961 an Maria Treu

*

Es kommt ja vor, daß die angesammelte Müdigkeit sich gerade dann am stärksten zeigt, wenn man aus der Arbeit heraus ist. Dann muß man ihr nachgeben, sie ist weiser als unsre Köpfchen und muß sich Ruhe gönnen.

Aus einem Brief vom 14.10.1933 an seine Frau Ninon

*

Wie gut und tröstlich, daß wir vergessen können! Und wie gut und tröstlich, daß wir die Gabe des Gedächtnisses haben! Jeder von uns weiß um das, was sein Gedächtnis aufbewahrt hat, und verfügt darüber. Keiner von uns aber kennt sich aus im ungeheuren Chaos dessen, was er vergessen hat. Manchmal kommt nach Jahren und Jahrzehnten, wie ein ausgegrabener Schatz, … ein Brocken des Vergessenen, des als unnütz oder unverdaulich Weggeschobenen wieder an den Tag … Wir Dichter und Intellektuellen halten sehr viel vom Gedächtnis, es ist unser Kapital, wir leben von ihm – aber wenn uns solch ein Einbruch aus der Unterwelt des Vergessenen und Weggeworfenen überrascht, dann ist stets der Fund, er sei erfreulich oder nicht, von einer Wucht und Macht, die unsern sorgfältig gepflegten Erinnerungen nicht innewohnt. Mir kam zuweilen der Gedanke oder die Vermutung, es könnte der Trieb zum Wandern und Welterobern, der Hunger nach Neuem, noch nicht Gesehenem, nach Reise und Exotik, der den meisten nicht phantasielosen Menschen zumal in der Jugend bekannt ist, auch ein Hunger nach Vergessen sein, nach Wegdrängen des Gewesenen, soweit es uns bedrückt, nach Überdecken erlebter Bilder durch möglichst viele neue Bilder. *Aus »Engadiner Erlebnisse«, 1953*

Es ist nicht meine Meinung, daß das Leben ein Vergnügen und zum Vergnügen sei – es ist eine Tatsache und ein Zustand, dem wir nur durch möglichst waches Bewußtsein höheren Wert geben können ... Darum lebe ich auch Zustände wie das Taedium vitae ganz aus und suche sie nicht durch Ablenkung zu umgehen. Außerdem bin ich von der Unentrinnbarkeit des Determinierten so gründlich überzeugt, daß ich Gutes und Schlechtes zwar nicht unbewegt, aber doch ohne Auflehnungsversuche hinnehme. *Aus einem Brief vom 17. 9. 1908 an Franz Vetter*

*

Yin und Yang sollen miteinander spielen, nicht miteinander streiten. Das Leid der Welt soll uns im Innersten unzerstörbar, nicht aber kraft einer perfekten Philosophie zugeknöpft finden.

Aus einem Brief um 1940 an Herrn G. G.

*

Man muß durch Leid und durch die Verzweiflung hindurch, um wieder ans Licht zu kommen.

Aus einem Brief vom April 1953
an Ferdinand Gerhardt

*

Niemand, der etwas wert ist, lebt zu seinem Vergnügen.

Aus einem Brief vom 1. 11. 1907 an Wilhelm Schäfer

Das Ziel der Weisheit ist, daß man den Dingen nur so viel Macht über sich einräumt, als man selber will, und daß man sein Schicksal nicht mehr von außen empfängt, sondern als Atemzug aus dem eigenen Innern.

Aus einem Brief vom 4. 10. 1918 an Jakob Flach

*

Wem Schicksal von außen kommt, den erlegt es, wie der Pfeil das Wild erlegt. Wem Schicksal von innen und aus seinem Eigensten kommt, den stärkt es und macht ihn zum Gott. *Aus »Zarathustras Wiederkehr«, 1919*

*

Furcht vor Wahnsinn ist meistens nichts anderes als Furcht vor dem Leben, vor den Forderungen unserer Entwicklung und unserer Triebe. Zwischen dem naiven Triebleben und dem, was wir bewußt sein möchten und zu sein streben, ist immer eine Kluft, man kann sie nicht überbrücken, wohl aber immer wieder überspringen, hundertmal, und jedesmal gehört Mut dazu und befällt uns vor dem Sprung einige Angst.

Aus einem Brief vom Februar 1937 an Karl Stern

*

Wir laufen auf dieser Erde herum, immer auf der Reise, und oft schwingen wir den Hut und rufen unsern Gruß, wenn der andre Wandere grade im Tal unsichtbar und vielleicht ganz im Finstern ist.

Aus einem Brief vom 25. 2. 1928 an Emmy Ball-Hennings

Pfeifen

Klavier und Geige, die ich wahrlich schätze,
Ich konnte mich mit ihnen kaum befassen;
Mir hat bis jetzt des Lebens rasche Hetze
Nur zu der Kunst des Pfeifens Zeit gelassen.

Zwar darf ich mich noch keinen Meister nennen,
Lang ist die Kunst und kurz ist unser Leben.
Doch alle, die des Pfeifens Kunst nicht kennen,
Bedaure ich. Mir hat sie viel gegeben.

Drum hab ich längst mir innigst vorgenommen,
In dieser Kunst von Grad zu Grad zu reifen,
Und hoffe endlich noch dahin zu kommen,
Auf mich, auf euch, auf alle Welt zu pfeifen.

1927

*

Leben ohne Zweck ist öd, und Leben mit Zweck ist eine Plage.

Aus »Hinterlassene Schriften und Gedichte von Hermann Lauscher«, 1901

*

Es ist leicht da zu helfen, wo man einen Weg sieht. Aber für einen einsamen Menschen, der das Edle und Schöne liebt und die lärmige grelle Welt, in der er lebt, so schwer empfindet, weiß ich keinen Weg. Die Menschen wollen keine Sonette, am wenigsten solche, in denen ihre Welt abgelehnt wird. So bleibt den Einsamen nur der Trost des Singens selbst, der Pflege ihrer Gabe einerlei, ob jemand zuhöre oder nicht. Und dieser Trost ist nicht klein. Unzählige leiden ähnlich und haben nicht die Gabe des Gesangs, wissen nichts von Kleist und kennen nicht die schmerzliche Lust des einsamen Musizierens.

Aus einem Brief vom Mai 1958 an Antonie Funke

*

In Zeiten, wo uns das Leben schwer zu tragen wird, gibt es keine wertvollere Zuflucht als zu den Problemen des abstrakten Denkens, von welchen uns nicht irgendein billiger Trost zufließt, wo uns aber die angestrengte Beschäftigung mit zeitlosen Werten das Herz kühlt und den Geist stärkt.

Aus der Rezension von Nikolaus Cusanus, »Vom Wissen des Nichtwissens«, Juli 1920

*

Es können Zeiten des Schreckens und tiefsten Elends kommen. Wenn aber beim Elend noch ein Glück sein soll, so kann es nur ein geistiges sein, rückwärts gewandt zur Rettung der Bildung früherer Zeit, vorwärts gewandt zur heiteren und unverdrossenen Vertretung des Geistes in einer Zeit, die sonst gänzlich dem Stoff anheimfallen könnte.

Aus »Das Glasperlenspiel«, 1931-1942

*

In den ganz schlechten Momenten ist das Beste: langsam und tief einatmen und sich ganz und einzig dieser Funktion hingeben.

Aus einer Postkarte um 1954 an Hilde Jerusalem

*

Es ist nicht meine Sache, der Verzweiflung zu dienen, im Gegenteil.

Aus einem Brief vom 28. 2. 1943 an Albert Steen

*

Im Schloß Bremgarten

Wer hat einst die alten Kastanien gepflanzt,
Wer aus dem steinernen Brunnen getrunken,
Wer im geschmückten Saale getanzt?
Sie sind dahin, vergessen, versunken.

Heut sind es wir, die der Tag bescheint
Und denen die lieben Vögel singen:
Wir sitzen um Tafel und Kerzen vereint,
Trankopfer dem ewigen Heute zu bringen.

Und wenn wir dahin und vergessen sind,
Wird immer noch in den hohen Bäumen
Die Amsel singen und singen der Wind,
Und drunten der Fluß an den Felsen schäumen.

Und in der Halle beim Abendschrei
Der Pfauen sitzen andere Leute.

Sie plaudern, sie rühmen, wie schön es sei,
Bewimpelte Schiffe fahren vorbei,
Und es lacht das ewige Heute.

1944

*

Die Dummheiten von heute gehen rasch unter, aber das Gute und Geleistete bleibt.

Aus einem Brief vom 8. 12. 1915
an den Verlag Ensslin & Laiblin

*

Wenn man meint, man sei beladen genug, dann wird einem meistens grade noch etwas draufgelegt.

Aus einem Brief vom Januar 1947 an Rosa Muggli

*

Natürlich gibt es sehr viele Menschen, denen das Leben leichter fällt und die scheinbar oder wirklich »glücklicher« sind; es sind die nicht stark Individualisierten, die keine Probleme kennen.

Aus einem Brief um 1941 an Herrn L. M.

*

Eine Persönlichkeit, ein einmaliger, eigener Mensch zu werden, ist nicht jedem bestimmt, der Weg dahin hat Gefahren und bringt Schmerzen, er bringt aber auch Glück und Tröstungen, die die andern nicht kennen.

Ängstigen Sie sich nicht zu sehr, fliehen Sie weder ins Kindliche zurück noch nach vorwärts in Trotz und Schnoddrigkeit, es würde Ihnen beides nichts nützen. Sagen Sie Ja zum Besten und Stärksten in Ihnen! Dann geht es schon weiter.

Aus einem Brief vom Oktober 1953 an Swantje Ehrentreich

*

Das Selbstvertrauen, das Sie bei gewissen Leuten sehen, scheint größer, als es ist. Wenn Sie jeden von diesen Menschen, die im Beisammensein so mutig sind, eine Weile still und allein vor etwas Schweres hinsetzen, wird vieles anders.

Aus einem Brief um 1923 an eine unbekannte Leserin

*

Lernen Sie, einerlei wo, einmal wirklich dienen, wirklich sich hingeben, wirklich an die Sache zu denken statt an sich selber, das ist der einzige Weg aus Ihrer Einöde heraus. *Aus »An einen jungen Deutschen«, 1950*

*

Jedes Spiel ist eine gute Schule des Gehorsams, des Dienens, des Ernstnehmens, und das wird dadurch nicht entwertet, sondern erhöht, daß die wachsten und klügsten Spieler genau darum wissen, ihr Spiel sei bloß Bild, Gleichnis, eben Spiel. Gerade die, die das Spiel ohne Ehrgeiz, ohne Gewinnenwollen spielen, halten die Regeln am besten. Und gerade die, die auch im Leben handeln, als sei es Spiel, dienen dem Leben am besten.

Aus den Vorarbeiten zu »Das Glasperlenspiel«, um 1934

*

Wir haben seit einer guten Weile fast alles vergessen, was die großen Lehrer der Menschheit gefunden und gelehrt haben. Sie lehren ja alle das gleiche, seit Jahrtausenden, und jeder Theologe oder auch jeder humanistisch Gebildete könnte es uns mit klaren Worten sagen, einerlei, ob er mehr zu Sokrates oder zu Lao Tse, mehr zu dem leidlos lächelnden Buddha oder zu dem Heiland mit der Dornenkrone neigt. Sie alle, und überhaupt jeder Wissende, jeder Erweckte und Erleuchtete, jeder wahre Kenner und Lehrer des Menschentums hat das gleiche gelehrt, nämlich, daß der Mensch sich nicht Größe noch Glück, nicht Heldentum noch süßen Frieden, daß er sich überhaupt nichts wünschen soll, nichts als einen reinen, wachsamen Sinn, ein tapferes Herz und die Treue und Klugheit der Geduld, um damit so Glück wie Leiden, so Lärm wie Stille zu ertragen.

Aus »Ansprache in der ersten Stunde des Jahres 1946«

Religion und Kirche

Der Glaube geht nicht durch den Verstand, so wenig wie die Liebe. *Aus »Schön ist die Jugend«, 1907*

*

Mein ganzes Leben steht im Zeichen eines Versuchs zu Bindung und Hingabe, zu Religion. Ich bilde mir nicht ein, für mich oder gar für andere so etwas wie eine neue Religion, eine neue Formulierung und Bindungsmöglichkeit finden zu können, aber auf meinem Posten zu bleiben und, auch wenn ich in meiner Zeit und an mir selbst verzweifeln muß, dennoch die Ehrfurcht vor dem Leben und vor der Möglichkeit seines Sinnes nicht wegzuwerfen, auch wenn ich damit allein stehen sollte, auch wenn ich damit sehr lächerlich werde – daran halte ich fest. Ich tue es nicht aus irgendeiner Hoffnung, daß damit für die Welt oder für mich irgend etwas besser würde, ich tue es einfach, weil ich ohne irgendeine Ehrfurcht, ohne Hingabe an einen Gott nicht leben mag.

Aus einem Brief vom 15.7.1930 an Gerda Drewes

*

Wo Ehrfurcht ist, ist alles Gute möglich.

Aus einem Brief vom Sommer 1940 an Oskar Dalvit

*

Ich glaube an den Menschen als eine wunderbare Möglichkeit, die auch im größten Dreck nicht erlischt und ihm aus der größten Entartung zurückzuhelfen vermag, und ich glaube, diese Möglichkeit ist so stark und so verlockend, daß sie immer wieder als Hoffnung und als Forderung spürbar wird, und die Kraft, die den Menschen von seinen höheren Möglichkeiten träumen läßt und ihn immer wieder vom Tierischen wegführt, ist wohl immer dieselbe, einerlei ob sie heut Religion, morgen Vernunft und übermorgen wieder anders genannt wird. Das Schwingen, das Hin und Her zwischen dem realen Menschen und dem möglichen, dem erträumbaren Menschen ist dasselbe, was die Religionen als Beziehung zwischen Mensch und Gott auffassen.

Aus einem Brief vom 10.7.1938 an Rudolf Jakob Humm

*

Das, was Sie Fortschritt nennen, vollzieht sich, wie die ganze geistige Geschichte der Menschheit, nicht in der Masse, sondern in einer kleinen Minderheit von Menschen, die »eines guten Willens« sind. Das war immer so. Überall da, wo diese kleine Minderheit Macht erlangt, entsteht für einen Augenblick das Göttliche auf der Erde: Religion, Kultur. Und unsre Aufgabe ist es nicht, die unkorrigierbare Welt zu belehren, sondern eben immer wieder diese Minderheit zu bilden und das bedrohte kleine Reich Gottes nicht aussterben zu lassen.

Aus einem Brief vom Oktober 1929 an Emil Egli

*

Wir können häufig wahrnehmen, daß ein lebenskräftiger und tiefer Geist stets wieder in neuen Formen und Verwandlungen redet und sich mitzuteilen strebt; so hat ja zum Exempel der Geist Christi sich je nach dem Wesen der Zeiten in vielerlei Arten ausgesprochen. Hat er nicht in Zeitläufen, da Lehre und Predigt versiegt und unkräftig geworden waren, durch Dichter und Seher und große Musiker geredet? Und in den Zeiten, da die Kirche am tiefsten in Sünden und Verfall geraten war, redete er mit neuer Gewalt durch die Werke der Maler, Baumeister und Steinmetzen!

Aus der Monographie »Franz von Assisi«, 1904

*

Wer irgendeine Religion, ein Sittengesetz fertig hinnehmen kann, in dem erlischt die Quelle des heftigsten und innigsten Erlebens. Der Glaube an tausend neue Offenbahrungsmöglichkeiten des Ewigen, den wir haben, sieht für die andern meist nur wie eitler Zweifel am Bestehenden aus. Wenn er nur das ist, ist er steril.

Aus einem Brief vom 19. 1. 1918 an Martin Doerne

*

Den Menschen wird im Streben nach Wahrheit nichts so wichtig und so tröstlich sein wie die Wahrnehmung, daß der Spaltung in Rassen, Farben, Sprachen und Kulturen eine Einheit zugrunde liegt, daß es nicht verschiedene Menschen und Geister gibt, sondern nur Eine Menschheit, nur Einen Geist.

Aus »Ein Stückchen Theologie«, 1932

Ich glaube an nichts in der Welt so tief, keine andre Vorstellung ist mir so heilig wie die der Einheit, die Vorstellung, daß das Ganze der Welt eine göttliche Einheit ist und daß alles Leiden, alles Böse nur darin besteht, daß wir Einzelne uns nicht mehr als unlösbare Teile des Ganzen empfinden, daß das Ich sich zu wichtig nimmt.

Aus »Kurgast«, 1923

*

Wie bekannt, liegt einem Teil der alten östlichen Lehren und Religionen der uralte Gedanke der Einheit zu Grunde. Die Vielgestaltigkeit der Welt, das reiche bunte Spiel des Lebens mit seinen tausend Formen, wird zurückgeführt auf das göttliche Eine, das dem Spiel zu Grunde liegt. Alle Gestalten der Erscheinungswelt werden empfunden nicht als an sich seiend und notwendig, sondern als Spiel, als ein flüchtiges Spiel von rasch vergänglichen Bildungen, die, mit Gottes Atem aus- und einströmend, das Ganze der Welt zu bilden scheinen, während doch jede dieser Gestalten, Ich und Du, Freund und Feind, Tier und Mensch nur augenblickliche Erscheinungen, nur flüchtig inkarnierte Teile des uranfänglichen Einen sind und stets in dasselbe zurückkehren müssen … Für asiatische Denker nun, welche Meister der Synthese sind, ist es ein gewohntes und bis zu hoher Vollendung gezüchtetes Geistesspiel, entgegengesetzte Betrachtungsweisen abwechselnd zu üben, beide bejahend, beiden zustimmend.

Aus »Geist der Romantik«, 1926

*

Das, was Jesus das Reich Gottes, was die Chinesen Tao nennen, ist nicht ein Vaterland, dem auf Kosten anderer Vaterländer gedient werden soll: es ist die Ahnung vom Ganzen der Welt, samt allen ihren Widersprüchen, ist die Ahnung von der geheimen Einheit allen Lebens. Diese Ahnung oder Idee wird in vielen Bildern ausgedrückt und verehrt. Sie hat viele Namen, einer von ihnen ist der Name: Gott.

Aus einem Brief, 1932 an Joachim Bartuzat

*

Gott: der über allen Bildern und Vielheiten in sich einige Geist.

Aus »Das Glasperlenspiel«, 1931-1942

*

Ich möchte einen Ausdruck finden für die Zweiheit, ich möchte Kapitel und Sätze schreiben, wo beständig Melodie und Gegenmelodie gleichzeitig sichtbar wären, wo jeder Buntheit die Einheit, jedem Scherz der Ernst beständig zur Seite steht. Denn einzig darin besteht für mich das Leben, im Fluktuieren zwischen zwei Polen, im Hin und Her zwischen den beiden Grundpfeilern der Welt. Beständig möchte ich mit Entzücken auf die selige Buntheit der Welt hinweisen und ebenso beständig daran erinnern, daß dieser Buntheit eine Einheit zugrunde liegt; beständig möchte ich zeigen, daß Schön und Häßlich, Hell und Dunkel, Sünde und Heiligkeit immer nur für einen Moment Gegensätze sind, daß sie immerzu ineinander übergehen. Für mich sind die höchsten Worte der Menschheit jene paar, in denen diese Doppeltheit in magischen Zeichen ausgesprochen ward, jene wenigen geheimnisvollen Sprüche und Gleichnisse, in welchen die großen Weltgegensätze zugleich als Notwendigkeit und als Illusion erkannt werden.

Aus »Kurgast«, 1923

*

Jede Erscheinung auf Erden ist ein Gleichnis, und jedes Gleichnis ist ein offenes Tor, durch welches die Seele, wenn sie bereit ist, in das Innere der Welt zu gehen versucht, wo Du und Ich und Tag und Nacht alle eines sind.

Aus »Iris«, 1916

*

Lernen Sie das Nichtverstehen, das Leid, die Sinnlosigkeit als Vorbedingung für alles erkennen, was der Menschheit wert sein kann. *Wie* Sie nachher Ihren Glauben formulieren, ob christlich oder sonstwie, ist einerlei. Es gibt keine andern Götter, als die der Mensch sich macht. Das tun die Völker im Großen, und das tut jeder Einzelne im Kleinen. Er gibt dem Sinnlosen einen Sinn, er stellt seine Ahnung, sein Bedürfnis nach Sinn dem Chaos entgegen, und lernt leben, als gebe es einen Gott und als habe das Ganze einen Sinn. Mehr ist nicht vonnöten, um Leben zu können.

Aus einem Brief, 1931 an Hilde Saenger

*

Das für uns Wesentliche erleben wir, unabhängig von allem Äußeren, ganz allein in uns selber. Wie die inneren Strahlungen sich nach außen projizieren, was für Mythen, Gefahren, Lüste, Götter und Teufel wir uns schaffen, das ist objektiv belanglos.

Aus der Rezension von Johannes von Günther, »Martinian sucht den Teufel«, Januar 1918

*

Die Religionen und Mythen sind, ebenso wie die Dichtung, ein Versuch der Menschheit, eben jene Unsagbarkeit in Bildern auszudrücken, die Ihr vergeblich ins flach Rationale zu übersetzen versucht.

Aus einer Postkarte vom 30. 1. 1957 an Jens Uwe Schröder

*

Mein nie erreichtes und dennoch wertvolles Ideal ist es, die Nötigungen des äußeren Lebens hinnehmen wie eine Rolle, die nun einmal nach Möglichkeit auszufüllen ist – immer aber Gott nahe bleiben und sich mit der ganzen Schöpfung eins wissen.

Aus einem Brief vom Nov./Dez. 1914 an H. Geza

*

Mag jeder sich sein eigenes Bild von der Welterlösung machen, wichtig und bedeutsam für jeden ist vor allem der Gedanke der Erlösung durch Liebe … Es rufen und mahnen uns dazu alle Stimmen der großen Denker, Dichter und Künstler, und der tiefe Wert all dieser Stimmen liegt einzig darin, daß sie eine Wirklichkeit, einen Weg, eine Möglichkeit verkünden, die in jedes Menschen Brust lebendig vorhanden ist.

Aus »Zu Weihnachten«, 1917

*

Wir verlangen, das Leben müsse einen Sinn haben – aber es hat ganz genau so viel Sinn, als wir selber ihm zu geben imstande sind. Weil der Einzelne das nur unvollkommen vermag, hat man in den Religionen und Philosophien versucht, die Frage tröstend zu beantworten. Diese Antworten laufen alle auf das gleiche hinaus: den Sinn erhält das Leben einzig durch die Liebe: das heißt: je mehr wir zu lieben und uns hinzugeben fähig sind, desto sinnvoller wird unser Leben.

Aus einem Brief vom 1. 6. 1956 an Frau Marianne Wedel

*

Das Leben hat so viel Sinn, als wir ihm zu geben vermögen. Die Bibel und das Dogma und alle Philosophien sind nur eine Hilfe, diese Sinngebung zu erleichtern. Die Natur, die Pflanze und das Tier, bedürfen der Sinngebung nicht, weil sie den Gedanken und die Sünde nicht kennt, sie lebt naiv und unschuldig. Wir Menschen sind weniger als Tiere, wenn wir versuchen wollen, ohne Sinn zu leben. Sinn gewinnt das Leben, wenn wir es, soweit möglich, dem naiven Streben nach egoistischer Lust entziehen und in einen Dienst stellen. Wenn wir diesen Dienst ernst nehmen, kommt der »Sinn« von selbst.

Aus einem Brief um 1933 an eine unbekannte Leserin

*

Es gibt keine dummen Tiere und keine verlogenen, so wenig wie Pflanzen – das ist dem Menschen vorbehalten. Er hat die Möglichkeit zum Gott, aber es ist immer nur Möglichkeit, nie Erfüllung, und jede gesunde Katze funktioniert viel genialer als alle Genies.

Aus einem Brief vom 7. 11. 1924 an Hans Morgenthaler

*

Der Mensch ist jeder Dummheit und jeder Gemeinheit ebenso fähig wie jeder Hingabe an Sinn und Harmonie der Welt, und vermutlich sind die Dummen und Gemeinen stets in der Überzahl gewesen. Wie Gott darüber denkt, erfährt man in klassischer Form aus dem Gespräch Abrahams mit Gott wegen der Stadt Sodom ... Gott läßt sich bis auf eine Mindestzahl an »Gerechten« herunterhandeln, und das Großartige an diesem zähen Handel ist, daß nicht Gott den Menschen zur Nachsicht und Duldung mahnt, sondern umgekehrt.

Aus einem offenen Brief vom 23. 6. 1951 an Werner Weber, Neue Zürcher Zeitung

*

Man muß so einsam sein, so vollkommen einsam, daß man in sein innerstes Ich zurückgezogen ist. Der Weg dahin ist bitter und leidvoll. Dann aber ist die Einsamkeit überwunden, man ist nicht mehr allein. Denn man findet: unser innerstes Ich ist der Geist selbst, ist Gott, ist das Unteilbare. Und plötzlich ist man mitten in der Welt, von ihrem Vielerlei unangefochten, denn man weiß sich im Innersten eins mit allem Sein.

Aus »Überwindung der Einsamkeit«, 1917

*

Die »Anfälle« der Verzweiflung an sich selber und über die Unwirksamkeit des Geistes auf die Welt lassen sich nicht ändern, man muß sie nicht bloß hinnehmen, sondern auch ernst nehmen ... Die Heilande werden nicht geboren, um Könige zu werden, sondern um ans Kreuz geschlagen zu werden, und wenn der »Fromme« oder der »Vollendete« einen Schritt zum Göttlichen weiter tut, so tut er es stets auf Kosten des Weltlichen, des Erfolgs etc. Das steht auf jeder Seite der Bibel, und Dschuang Dsi und alle andern Weisen haben das auch gewußt und gelehrt. Weil aber die Lehre vom Geist, oder vom Reich Gottes, eine geheime ist und dem »Fleische« und der »Welt« zuwiderläuft, darum muß sie von jedem, der berufen ist, neu entdeckt werden. Er muß erst die Entdeckung machen, daß es keinen »Fortschritt« gibt, kein Erobertwerden der Welt durch den Geist, sondern ewig das tragische Gegenüberstehen der beiden.

Aus einem Brief vom 24.3.1933 an Anni Rebenwurzel

Wäre die Menschheit ein Individuum, so wäre sie durch das »reine« Christentum zu heilen, Tier und Dämon müßten zu bannen sein. Aber es ist nicht so. Die »reinen« Religionen sind für eine kleine Schicht Hochstehender, während die Völker der Magien und Mythologien bedürfen. An einen Prozeß der Entwicklung von unten nach oben glaube ich nicht. Immer wieder steigen aus dem trüben Ganzen der Menschheit die einzelnen Reinen und Heilande auf und werden von den Vielen erst dann verehrt, wenn man sie gekreuzigt und zu Göttern gemacht hat.

Aus einem Brief vom Oktober 1939 an Kuno Fiedler

*

Der Heiland

Immer wieder wird er Mensch geboren,
Spricht zu frommen, spricht zu tauben Ohren,
Kommt uns nah und geht uns neu verloren.

Immer wieder muß er einsam ragen,
Aller Brüder Not und Sehnsucht tragen,
Immer wird er neu ans Kreuz geschlagen.

Immer wieder will sich Gott verkünden,
Will das Himmlische ins Tal der Sünden,
Will ins Fleisch der Geist, der ewige, münden.

Immer wieder, auch in diesen Tagen,
Ist der Heiland unterwegs, zu segnen,

Unsern Ängsten, Tränen, Fragen, Klagen
Mit dem stillen Blicke zu begegnen,
Den wir doch nicht zu erwidern wagen,
Weil nur Kinderaugen ihn ertragen.

1940

*

Man kann jeden Menschen mit Jesus vergleichen, der, von einer der magischen Wahrheiten gestreift, das Denken vom Leben nicht mehr trennt und dadurch inmitten seiner Umgebung vereinsamt und zum Gegner aller wird. *Aus »Gedanken zu Dostojewskijs ›Idiot‹«, 1919*

*

Jeder, der an einen Sinn im Leben und an die hohe Bestimmung des Menschen glaubt, ist im heutigen Chaos wertvoll, einerlei, zu welcher Konfession er gehört und an welche Zeichen er glaubt.
Aus einem Brief vom 19. 5. 1961 an Manfred Fundel

*

Atheismus ist lediglich die Negation einer Sache, welche niemals ein substantielles, stets bloß ein verbales Dasein hatte. *Aus einem Tagebuch, 1920/21*

*

Der Aberglaube wird schon darum nicht durch Wissen zerstört, weil das Wissen immer nur ganz kleinen Kreisen angehört und nur sehr langsam durchdringt ... Das Heilmittel gegen den Aberglauben ist nicht die Wissenschaft, sondern der Glaube. Ein organischer Glaube, einerlei welcher Konfession, ist die einzige bewährte Medizin gegen den Aberglauben, und die Zeiten ohne Glauben sind stets dem Aberglauben günstig, auch wenn sie über eine hochentwickelte Wissenschaft verfügen. Das, was ich Glauben nenne, ist nicht Ergebnis des Lernens, sondern Ausdruck einer gesunden Weltbetrachtung, eines Vertrauens in die Ordnung der Welt, und dem »Okkulten« gegenüber vollzieht jeder gesunde Glaube ohne weiteres die uralte Scheidung in weiße und schwarze Magie, wobei die schwarze Magie als das Verbotene und schlechthin Böse erscheint. Für den Menschen, der das Seelen-Gleichgewicht des Glaubens hat, ist es nicht schwierig, weiß und schwarz zu unterscheiden, und ein Gläubiger wird nicht leicht das Opfer jener schwarzen Magier werden, welche heute durch Zeitungsinserate so viele Opfer finden. Indessen sind die Gläubigen nicht eben häufig, und die Beunruhigung durch die okkulten Erscheinungen dauert fort, und so mag die Wissenschaft fortfahren, diese Phänomene zu untersuchen.

Aus der Rezension »Neue deutsche Bücher [III]«, November 1935

*

Ich halte es nicht für das Wichtigste, welchen Glauben ein Mensch habe, sondern daß er überhaupt einen habe, daß er die Leidenschaft des Geistes kenne, daß er bereit sei, seinen Glauben, sein Gewissen zu verteidigen gegen die ganze Welt, gegen die Majorität und Autorität.

Aus der Rezension von Sören Kierkegaard, »Der Begriff des Auserwählten«, Juli 1920

Den eigenen Glauben heilig halten und vor dem Glauben anderer Respekt haben, das sind auch für mich Grundsätze meines Verhaltens in religiösen Fragen.

Aus einem Brief vom Januar 1952 an Gräfin Schulenburg

*

Glaube und Zweifel sind einander entsprechend, sie gehören komplementär zueinander. Wo nie gezweifelt wird, da wird auch nicht richtig geglaubt.

Aus »Nachruf auf Christoph Schrempf«, 1944

*

Es gibt keinen Glauben ohne Verzweiflung, ohne (vorheriges und auch nachheriges) Wissen um das Chaos.

Aus einem Brief vom Oktober 1932 an Frl. E. K.

*

In Zeiten von Untergangsstimmungen kommen stets seltsame neue Götter auf, die mehr wie Teufel aussehen; das bisher Vernünftige wird sinnlos, das bisher Verrückte wird positiv, wird hoffnungsvoll, scheinbar wird jede Grenze verwischt, jede Wertung unmöglich, es kommt der Demiurg herauf, der nicht gut noch böse, nicht Gott noch Teufel ist, sondern nur Schöpfer, nur Zerstörer, nur blinde Urkraft. Dieser Augenblick scheinbaren Unterganges ist derselbe, der im Einzelnen zum erschütternden Erlebnis, zum Wunder, zur Umkehr wird. Es ist der Moment des erlebten Paradoxen, der aufblitzende Augenblick, wo getrennte Pole sich berühren, wo Grenzen fallen, wo Normen schmelzen. Es gehen dabei unter Umständen Moralen und Ordnungen unter, der Vorgang selbst aber ist das denkbar Lebendigste, was sich vorstellen läßt.

Aus der Rezension »Exotische Kunst«, März 1922

*

Der Aufschwung des Menschen steht immer und überall im Gegensatz zum Gewohnten, Profanen, Alltäglichen, und dem Jungen und Gläubigen erscheinen immer die Angehörigen geordneter und fertig formulierter Bekenntnisse und Ordnungen wie Pharisäer. Und so glaube ich auch, daß die Elite und beste Lebenskraft des Christentums immer bei denen liegt, denen das Formulierte schal zu werden droht, und daß trotzdem die ersehnten »neuen« Ordnungen nur die alten sind und daß die alten Formulierungen in dem Maß ihren lebendigen Zauber wiedergewinnen, als der Suchende bereit ist, die Formel als Symbol anzunehmen.

Aus einem Brief vom Juni 1934 an Max Machhausen

*

Einer der kürzesten Wege zum Leben eines Heiligen kann das Leben eines Wüstlings sein.

Aus »Narziß und Goldmund«, 1927-1929

*

Die Liebe zu Gott ist nicht immer eins mit der Liebe zum Guten. Ach, wenn es so einfach wäre! Was gut ist, wissen wir, es steht in den Geboten. Aber Gott ist nicht nur in den Geboten, sie sind nur der kleinste Teil von ihm. Du kannst bei den Geboten stehen und weit von Gott weg sein. *Aus »Narziß und Goldmund«, 1927-1929*

*

Wir wissen ja, daß den Weltflüchtigen und Büßern der Teufel eine ganz besondere Sorgfalt widmet.

Aus »Das Glasperlenspiel«, 1931-1942

*

Es haben schon Unwürdige viel Gutes gestiftet, und Heilige haben schon viel Jammer in die Welt gebracht.

Aus »Berthold«, um 1907

*

Der Kirchengott und die Kirche schützen die Menschen, bis hinauf zu den höchsten Beamten der Kirche, vor den gröbsten moralischen Entgleisungen keineswegs. *Aus einem Brief vom 22. 1. 1946 an Otto Engel*

*

Was wir von [gewissen] Pastoren zu erwarten haben: bei der nächsten Mobilmachung singen sie wieder Tedeum und preisen die Kanonen, und bei der nächsten revolutionären Welle stehen sie wieder auf seiten der Geldsäcke. Zwischenein treiben sie Philosophie und beziehen Gehalt.

Aus einem Brief vom 24. 12. 1932
an Otto Hartmann

*

Die Menschen werden das Evangelium bloß Leuten glauben, die von seiner Verkündigung keinen Vorteil haben und keinen Beruf daraus machen.

Aus einem Brief vom 24. 12. 1932 an Otto Hartmann

*

Wären seine Kirchen und Priester so wie Christus selbst, dann bedürfte es der Dichter nicht.

Aus einem Brief vom Dezember 1950
an eine unbekannte Leserin

*

Meine Rolle kann nicht die des Priesters sein, denn es steht keine Kirche hinter mir, und wenn ich dennoch Tausenden in Briefen und Hinweisen Rat zu geben versucht habe, so tat ich es niemals als Führer, immer nur als Mitleidender, als etwas älterer Bruder.

Aus einem Brief, 1932 an M. A. Jordan

*

Eine Religion ist ungefähr so gut wie die andere. Es gibt keine, in der man nicht ein Weiser werden könnte, und keine, die man nicht auch als dümmsten Götzendienst betreiben könnte. Aber es hat sich in den Religionen fast alles wirkliche Wissen der Menschheit angesammelt, zumal in den Mythologien. Jede Mythologie ist »falsch«, wenn wir sie anders als fromm ansehen; aber jede ist ein Schlüssel zum Herzen der Welt. Jede weiß von den Wegen, aus dem Götzendienst am Ich einen Gottesdienst zu machen.

*Aus einem Brief vom Mai 1943
an Alfons Keller*

*

Daß Gott in jedem von uns lebt, daß jeder Fleck Erde uns Heimat, jeder Mensch uns verwandt und Bruder ist, daß das Wissen um diese göttliche Einheit alle Trennung in Rassen, Völker, in reich und arm, in Bekenntnisse und Parteien als Spuk und Täuschung entlarvt – das ist der Punkt, auf den wir zurückkehren, wenn furchtbare Not oder zarte Rührung unser Ohr geöffnet und unser Herz liebefähig gemacht hat.

Aus »Ansprache in der ersten Stunde des Jahres 1946«

*

Wir sind vergänglich, wir sind werdend, wir sind Möglichkeiten, es gibt für uns keine Vollkommenheit, kein völliges Sein. Dort aber, wo wir von der Potenz zur Tat, von der Möglichkeit zur Verwirklichung schreiten, haben wir teil am wahren Sein, werden dem Vollkommenen und Göttlichen um einen Grad ähnlicher. Das heißt sich verwirklichen.

Aus »Narziß und Goldmund«, 1927-1929

Jede Religion ist schön. Religion ist Seele, einerlei, ob man ein christliches Abendmahl nimmt oder ob man nach Mekka wallfahrt. *Aus »Demian«, 1917*

*

Es ist traurig, daß unsere gebildeten, hochstehenden, unterrichteten, bewußt arbeitenden Leute fast alle mit Jesus, Buddha, Plato nichts anfangen können, weil zunächst das Geldverdienen kommt.

Aus einem Brief vom 16. 11. 1907 an Jakob Schaffner

*

Wenn wir die Versuche unserer Zeit betrachten, sich über die unseligen Spezialisierungen und Parteien hinweg wieder über die Grundlagen des Menschentums, des Glaubens, des Geistes und der Moral zu besinnen, so sehen wir, daß die bemerkenswerten und gründlichen Leistungen nicht von den Gleichmachern und Geschichtslosen ausgehen, nicht von den weder legitimierten noch verantwortlichen Predigern einer allgemeinen, idealistischen Humanität, sondern im Gegenteil von den Vertretern gerade der ältesten Traditionen. Es sind einige wenige Geister im heutigen Europa, deren Lebenswerk es ist, die überkommenen Werte der historischen Religionen nicht in hübsche Feuilletons aufzulösen, sondern gerade in ihren kennzeichnenden Charakterzügen wiederherzustellen – nicht etwa, um sich abzugrenzen und ein Christentum bloß für die Katholiken oder bloß für die Protestanten usw. zu verkünden, sondern um durch die Reinheit in der Darstellung das Tiefste und Wesentliche jedes Glaubens neu und verantwortlich sichtbar zu machen. *Aus der Rezension »Bücher der Kultur und Kunst [IX]«, April 1933*

*

Es gibt über die Welt verstreut sehr viele Gläubige und Fromme außerhalb der Kirchen und Konfessionen, Menschen guten Willens, welche der Niedergang der Menschlichkeit und das Hinsterben des Friedens und Vertrauens in der Welt schwer beängstigen. Für diese Frommen gibt es keine Priester und keine kirchlichen Tröstungen, aber Rufer in der Wüste, Heilige und Märtyrer gibt es auch für sie. *Aus »Über Romain Rolland«, 1948*

*

Der Weg zur Frömmigkeit mag für jeden ein andrer sein. Für mich lief er über viel Irrtümer und Leiden, über viel Selbstquälerei, durch stattliche Dummheiten ... Ich wußte nicht, daß Frommsein Gesundheit und Heiterkeit bedeutet.

Frommsein ist nichts anderes als Vertrauen. Vertrauen hat der einfache, gesunde, harmlose Mensch, das Kind, der Wilde. Unsereiner, der nicht einfach noch harmlos war, mußte das Vertrauen auf Umwegen finden. Vertrauen zu dir selbst ist der Beginn. Nicht mit Abrechnungen, Schuld und bösem Gewissen, nicht mit Kasteiung und Opfern wird der Glaube gewonnen. Alle diese Bemühungen wenden sich an Götter, welche außer uns wohnen. Der Gott, an den wir glauben müssen, ist in uns innen. Wer zu sich selber nein sagt, kann zu Gott nicht ja sagen.

Aus »Wanderung«, 1918/19

*

Ich halte die Frömmigkeit oder Pietät für die beste Tugend, die wir haben können, mehr wert als alle Talente, und ich verstehe unter Frömmigkeit nicht das Pflegen von feierlichen Gefühlen in einer einzelnen Seele, sondern vor allem die Pietät, die Achtung des Einzelnen vor dem Ganzen der Welt, vor der Natur, vor den Mitmenschen, das Gefühl des Einbezogenseins und Mitverantwortlichseins.

Aus einem Brief vom 7.5.1935 an Ernst Kappeler

*

Für mich ist die schönste Frucht des Humanismus die pietas, die Ehrfurcht vor dem Menschen, seinen Möglichkeiten im Leisten und im Leiden. Der Mangel an dieser Pietät, der Schwund des Menschenwertes in Leben, Politik und öffentlicher Meinung, ist mit dem Abhauen des kränksten Gliedes, des Nazitums, noch lange nicht geheilt, und wenn Europa wirklich verloren und nur noch schöne Erinnerung sein sollte, so wäre es auch mit dem Humanismus zu Ende. Im Grunde kann ich daran nicht glauben.

Aus einem Brief vom 7.7.1945 an Karl Kerényi

*

Auf der Stufe der Unschuld bekämpfen sich Fromm und Vernünftig so, wie Kinder von verschiedener Veranlagung sich bekämpfen. Auf der zweiten Stufe bekämpfen sich, wissend geworden, die beiden Gegenpole mit der Heftigkeit, Leidenschaft und Tragik der Staatsaktionen. Auf der dritten Stufe beginnen die Kämpfer einander zu erkennen, nicht mehr in ihrer Fremdheit, sondern in ihrem Aufeinanderangewiesensein ... Von hier führt der Weg in Möglichkeiten des Menschentums, deren Verwirklichung bisher von Menschenaugen noch nicht erblickt worden ist. *Aus »Ein Stückchen Theologie«, 1932*

*

Der Fromme mythologisiert die Welt und nimmt sie häufig darüber nicht ernst genug. Er neigt stets etwas zum Spielen. Er erzieht die Kinder nicht, sondern preist sie selig. *Aus »Ein Stückchen Theologie«, 1932*

*

Wer aus einem frommen Protestantenhause stammt, der hat einen weiten Weg zu suchen ... Er kennt die Höllen des Gewissens, er kennt den Todesstachel der Zerfallenheit mit sich selber, er hat Spaltung, Qual, Verzweiflung jeder Art erfahren. Am späten Ende des Weges sieht er mit Erstaunen, wie einfach, kindlich und natürlich die Seligkeit ist, die er auf so dornigen Wegen gesucht hat. Aber die Dornenwege waren nicht umsonst. Der Heimgekehrte ist ein andrer als der stets Daheimgebliebene.

Aus »Wanderung«, 1918/19

Es gibt nur *eine* Lehre. Es gibt nur *eine* Religion. Es gibt nur *ein* Glück. Tausend Formen, tausend Verkünder, aber nur *einen* Ruf, nur *eine* Stimme. Die Stimme Gottes kommt nicht vom Sinai und nicht aus der Bibel, das Wesen der Liebe, der Schönheit, der Heiligkeit liegt nicht im Christentum, nicht in der Antike, nicht bei Goethe, nicht bei Tolstoi – es liegt in dir, in dir und in mir, in jedem von uns ... Es ist die Lehre vom »Himmelreich«, welches wir »inwendig in uns« tragen.

Aus »Weihnacht«, 1917

*

Eure Zukunft und euer schwerer, gefährlicher Weg ist dieser: reif zu werden und Gott in euch selbst zu finden ... Stets habt ihr Gott gesucht, aber niemals in euch selbst. Er ist nirgends sonst. Es gibt keinen andern Gott, als der in euch ist.

Aus »Zarathustras Wiederkehr«, 1919

*

Ich halte das Verwechseln von innerer und äußerer Aufgabe, von Seele und Politik für eines der größten tragischen Motive der Geschichte, eben, weil ich nicht an ein Reich Gottes glaube, das anderswo ist als da, wo Jesus es seinen Jüngern gezeigt hat: »inwendig in uns innen«.

Aus der Rezension »Die Briefe der Heiligen Catharina von Siena«, Juli 1919

*

Mir sind alle Religionen der Welt teuer und ehrwürdig, weil sie alle die vielleicht edelste Fähigkeit des Menschen zur Quelle haben: die Ehrfurcht. Doch unterscheide ich trotzdem die Religionen nicht nur nach ihrem geistigen und kulturellen Niveau, sondern auch nach ihrer Toleranz. Und da gehört ja leider die christliche nicht zu den freundlichen, milden und toleranten, sondern zu den missionierenden, hochmütigen, allein selig machenden und gewalttätigen.

Aus einem Brief vom Mai 1960 an Hede Herzberg

*

Laotse soll uns nicht das Neue Testament ersetzen, aber er soll uns zeigen, daß ähnliches auch unter anderem Himmel und in noch früheren Zeiten gewachsen ist, und das soll unseren Glauben daran stärken, daß die Menschheit, trotz allem, eine Einheit ist und gemeinsame Möglichkeiten, Ideale und Ziele hat.

Aus »Chinesisches«, 1913/26

*

Der Inder sagt »Atman«, der Chinese sagt »Tao«, der Christ sagt »Gnade«. *Aus »Krieg und Frieden«, 1918*

*

Ich habe nie ohne Religion gelebt und könnte keinen Tag ohne sie leben, aber ich bin mein Leben lang ohne Kirche ausgekommen. Die konfessionell und politisch getrennten Sonderkirchen sind mir immer, und am meisten während des Weltkrieges, als Karikaturen des Nationalismus erschienen, und die Unfähigkeit der protestantischen Bekenntnisse zu einer überkonfessionellen Einheit schien mir immer ein anklagendes Symbol für die deutsche Unfähigkeit zur Einigkeit zu sein.

Aus »Mein Glaube«, 1931

*

Wenn ich den Glauben an allein richtige, allein selig machende Dogmen nicht teilen kann, so kenne ich doch das Erlebnis der Versöhnung und der Hingabe an einen Glauben aus mir selbst und komme mir damit gar nicht unselig und verirrt und protestantisch vor, sondern freue mich und bin damit dankbar einverstanden, daß das Unsagbare auf so viele Arten erlebt und gedeutet werden kann.

Aus einem Brief vom 8. 6. 1931 an Emmy Ball-Hennings

*

Mir ist das humanistische Ideal nicht ehrwürdiger als das religiöse, und auch innerhalb der Religionen würde ich nicht einer vor der andern den Vorzug geben. Eben darum könnte ich keiner Kirche angehören, weil dort die Höhe und Freiheit des Geistes fehlt, weil jede sich für die beste, die einzige, und jeden ihr nicht Zugehörigen für verirrt hält. Der Weg in die Kirchen ist leicht zu finden, die Tore stehen weit offen, an Propaganda fehlt es auch nicht. *Aus einem Brief vom 2. 8. 1948 an Philipp Züger*

Vielleicht besteht das Unglück unsrer jetzigen Welt gerade darin, daß die höchste Weisheit auf allen Gassen feilgeboten wird, daß in jeder Staatskirche, neben dem Glauben an Obrigkeit, Geldsack und Nationaleitelkeit, der Glaube an das Wunder Jesu gepredigt wird, daß das Neue Testament – ein Behälter der kostbarsten und der gefährlichsten Weisheiten – in jedem Laden käuflich ist und von Missionaren gar umsonst verteilt wird. Vielleicht sollten solche unerhörte, kühne, ja erschreckende Einsichten und Ahnungen, wie sie in manchen Reden Jesu stehen, sorgfältig verborgen gehalten und mit Schutzwällen umbaut werden. Vielleicht wäre es gut und zu wünschen, daß ein Mensch, um eines jener mächtigen Worte zu erfahren, Jahre opfern und sein Leben wagen müßte, so wie er es für andere hohe Werte im Leben auch tun muß.

Aus »Kurgast«, 1923

*

Die Weisheit aller Völker ist eine und dieselbe, es gibt nicht zwei oder mehr, es gibt nur eine. Das einzige, was ich etwa gegen Religionen und Kirchen einzuwenden habe, ist ihre Neigung zur Unduldsamkeit: Weder Christ noch Mohammedaner wird gerne zugeben, daß sein Glaube gut und heilig zwar, nicht aber privilegiert und patentiert sei, sondern ein Bruder all der andern Glaubensarten, in denen die Wahrheit sich sichtbar zu machen versucht.

Aus einem Brief vom 12. 2. 1950 an Helmut Becker

*

Sie sind Christ in dem Sinne, daß Sie an die Einzigkeit und das Alleinseligmachende des Christentums glauben. Für Sie sind die Gläubigen andrer Religionen zu bedauern, weil sie keinen Heiland und Erlöser haben. Dies ist aber, wenigstens nach meiner Meinung und Erfahrung, durchaus ein Irrtum. Der japanische Buddhistenmönch oder der krishnagläubige Hindu lebt und stirbt in seinem Glauben ebenso fromm und vertrauend und geborgen wie der Christ. Und dann haben jene östlichen Religionen noch etwas für sich: Sie haben weder Kreuzzüge noch Ketzerverbrennungen, noch Judenpogrome hervorgebracht, das war den Christen und dem Islam vorbehalten. Luther hat über die Juden Worte geschrieben, die an Brutalität und Rechthaberei von keinem Hitler und keinem Stalin übertroffen werden. Gewiß, daran ist Jesus nicht schuld. Aber man kann Jesus lieben und doch die anderen Wege zur Seligkeit, die Gott den Menschen gewiesen hat, in ihrem vollen Wert gelten lassen.

Aus einem Brief vom Herbst 1953 an H. Sadecki

*

Was die Weltanschauungen betrifft, so kann ein lebendiger Mensch, und gar ein Künstler, sich kaum auf eine festlegen. Ich wenigstens kann es nicht, und ich habe auch nie das Bedürfnis, recht zu haben. Ich freue mich der Mannigfaltigkeit, auch der Meinungen und Glaubensformen. Das hindert mich auch, ein richtiger Christ zu sein, denn ich glaube weder, daß Gott nur einen Sohn gehabt hat noch daß der Glaube an ihn der einzige Weg zu Gott oder zur Seligkeit sei. Mir ist Frömmigkeit stets sympathisch, während ich die autoritären Theologien mit ihrem Anspruch auf Alleingültigkeit nicht mag.

Aus einem Brief vom Januar 1954 an Salome Wilhelm

*

Im politischen Denken fortgeschrittener Leute ist Nationalismus etwas Gewesenes, Vergangenes, in den Religionen herrscht der Kinderglaube an die Alleingültigkeit des eigenen Glaubens noch überall.

Aus einem Brief vom November 1960 an Herrn K.

*

Bekehrungsversuche sollte man mit niemand machen, außer wenn der andre es selber wünscht.

Aus einem Brief um 1958 an Helmut Walz

*

Ohne Ehrfurcht ist aller Geist böser Geist, und die Gläubigkeit, mit der ein guter dummer amerikanischer Boy seine Rudervorschriften etc. verehrt, ist fruchtbarer als die distanzlose, ehrfurchtlose Blasiertheit und der böse Nihilismus, mit dem man alles Geistige an sich reißt und sofort wieder wegwirft. Ich halte nichts davon.

Aus einem Brief vom 15.7.1930 an Gerda Drewes

*

Die Mythen der Bibel, wie alle Mythen der Menschheit, sind für uns wertlos, solang wir sie nicht persönlich und für uns und unsere Zeit zu deuten wagen. Dann aber können sie uns sehr wichtig werden.

Aus einem Brief vom 13.4.1930 an einen Realschüler

*

Was mich an Jesus interessiert und ihn mir wichtig macht, sind nicht seine historischen Bedingtheiten, sondern das Einmalige, daß er diesen Bedingtheiten erwachsen ist und sie hinter sich ließ.

Aus einem Brief vom Herbst 1955 an Johanna Atteahofer

*

Wenn man die Sprüche des Neuen Testaments nicht als Gebote nimmt, sondern als Äußerungen eines ungewöhnlich tiefen Wissens um die Geheimnisse unsrer Seele, dann ist das weiseste Wort, das je gesprochen wurde, der kurze Inbegriff aller Lebenskunst und Glückslehre, jenes Wort »Liebe deinen Nächsten wie dich selbst«, das übrigens auch schon im Alten Testamente steht. Man kann den Nächsten weniger lieben als sich selbst – dann ist man der Egoist, der Raffer, der Kapitalist, der Bourgeois, und man kann zwar Geld und Macht sammeln, aber kein recht frohes Herz haben, und die feinsten und schmackhaftesten Freuden der Seele sind einem verschlossen. Oder man kann den Nächsten mehr lieben als sich selbst – dann ist man ein armer Teufel, voll von Minderwertigkeitsgefühlen, voll Verlangen, alles zu lieben, und doch voll Rankünе und Plagerei gegen sich selber, und lebt in einer Hölle, die man sich täglich selber heizt.

Dagegen das Gleichgewicht der Liebe, das Liebenkönnen, ohne hier oder dort schuldig zu bleiben, diese Liebe zu sich selbst, die doch niemandem gestohlen ist, diese Liebe zum andern, die das eigne Ich doch nicht verkürzt und vergewaltigt! Das Geheimnis alles Glücks, aller Seligkeit ist in diesem Wort enthalten. Und wenn man will, so kann man es auch nach der indischen Seite hin drehen und ihm die Bedeutung geben: Liebe den Nächsten, denn er ist du selbst!, eine christliche Übersetzung des »tat twam asi«.

Aus »Kurgast«, 1923

*

Jeder echte Protestant wehrt sich gegen die eigene Kirche wie gegen jede andere, weil sein Wesen ihn das Werden mehr bejahen heißt als das Sein.

Aus »Kurzgefaßter Lebenslauf«, 1921-1924

*

Mag Luther der Führer und oberste Repräsentant der Christen sein, denen der Durst nach Freiheit etwas Natürliches und Selbstverständliches ist, also der Individualisten, der über Durchschnitt Differenzierten an Geist, Charakter und Gewissen – es bleibt dann doch eben jener übergroße Teil der Menschheit übrig, der lieber gehorcht, als selber entscheidet, der schwachen Geistes, aber doch guten Willens ist und die Denk- und Gewissenskämpfe jener andern gar nicht kennt. Diesen Teil der Menschheit in Ordnung zu halten, am Versumpfen oder Entarten zu hindern, ihm für Leben und Sterben einen Trost zu spenden und überdies manches schöne

Fest, dazu sind Kirchen wie die von Rom gut. Sie haben Millionen geholfen, das Leben zu bestehen und schöner zu machen, und haben uns andere überdies mit den herrlichsten Architekturen, Mosaiken, Fresken und Skulpturen beschenkt, lauter Dinge, die von Protestanten zwar entweder kaputtgeschlagen oder hochgeschätzt, niemals aber geschaffen werden können.

Aus einem Brief vom 16.9.1960 an Hans Völter

*

Der reformierte, puritanische Glaube fordert eine Hingabe des Selbst, deren wenige fähig sind, und auch die wenigen nicht immer, nur in seltneren gehobenen Stunden. Das Opfer meiner Selbst, meiner Triebe und Wünsche kann ich nur selten und nur unvollkommen bringen; das Opfer der Gaben, der Anbetungen, der Bekränzungen, der Tänze und Kniebeugen aber kann ich jederzeit leisten, und in der rechten Stunde werden auch diese scheinbar äußerlichen, rohen und mechanischen Opfer innerlich eins sein mit der Darbringung meiner Selbst. Der katholische Gottesdienst ist zu jeder Stunde möglich, der katholische Priester braucht nur das Meßgewand anzuziehen, um sofort Priester zu sein – der lutherische Gottesdienst widerspricht sich selbst und entbehrt der Weihe, der protestantische Priester muß in langen, mühsamen Predigten beweisen, daß er Priester sei, und niemand glaubt es ihm. Und so erzieht denn auch jede reformatorisch gefärbte Religion zu einem bösen Kultus der Minderwertigkeitsgefühle.

Aus einem Tagebuch, 1920/21

Was die katholische Kirche vor den reformierten, was der Götterkult vor dem Buddhismus voraushat, ist nicht etwa bloß die Ästhetik, die Anschaulichkeit und reiche Form des Kultus. Es ist vor allem die Elastizität und Plastizität des Gedankens und die unendlich größere Anpassungsfähigkeit. *Aus einem Tagebuch, 1920/21*

*

Das Phantasieren, das Spielen mit Begriffen ohne Verantwortung und ohne bindende, anerkannte Dogmatik ist für mich ungenießbar. Das kann ich selber, ich brauche keine bezahlten Professoren dazu und halte sie für Schädlinge. Nur wenige starke Persönlichkeiten wie Kierkegaard konnten mir da zeitweise etwas bedeuten. Aber alle die rasch wechselnden Theologien, die nichts sind als unverbindliche Weltanschauungen und Debattiergegenstände, hinter denen keine Kirche, kein Dogma, keine Verantwortung, kein echter Kampf um legitime Formulierung steht – das hat mich nie interessiert.

Aus einem Brief vom 9.3.1933 an Adolf Baden

*

Was mir an den protestantischen Theologen mißfällt, das ist, daß sie nichts zu lehren haben, das Volk leer lassen und sich dafür ohne Kritik und Widerstand der materiellen Staatsmacht zur Verfügung stellen, den Fürsten, den Geldhabern, den Generälen, das tun sie heut, wie sie es immer getan haben, und das Volk hat an ihnen nichts von Mahnung, von Hemmung gegen das Hineingerissenwerden in die große Maschinerie ... Zwar ist Luthers Schisma noch lange nicht, wie die Katholiken oft sagen, die Grundursache des deutschen Elends, aber sie ist sein schreiendstes Symptom. Man strebt zum Geistigsten und endet bei den Kanonen. Man verlegt das Gebet ins Kämmerlein, verwirft die guten Werke und rutscht verantwortungslos in alle Höllen, gegen die man Fels und Widerstand sein sollte.

Aus einem Brief vom 30. 5. 1933 an Adolf Baden

*

Uns älteren Leuten, welche schon allerlei erlebt haben, ist die Fähigkeit des Menschen zu allen Teufeleien wohlbekannt – und auch seine Fähigkeit, sie theologisch zu rechtfertigen, eben deshalb danken wir der katholischen Kirche dafür, daß sie sich so naiver Dinge wie Morallehre, Sündenverbieten etc. nicht schämt, sondern die Bestie zu zähmen versucht.

Aus einem Brief vom 16. 6. 1933 an Adolf Baden

*

Die katholische Kirche als religiöse Institution ist ein wunderbares, verehrungswürdiges Gebäude. Es ist nichts dagegen einzuwenden, daß eine große Menge frommer gläubiger, aber nicht an selbständiges Denken gewöhnter Menschen sich von dieser Kirche führen läßt. Wenn aber Dichter und Schriftsteller, von denen man doch eine eigene, selbständige religiöse Stellungnahme erwarten darf, sich ausdrücklich hinter die katholische Kirche stellen, sieht das eher nach einem Ausweichen vor selbständigem Denken und eigener Verantwortung aus.

Aus Bruno Hesse, »Vater im Gespräch«, 23.1.1961

*

Unsere Weihnacht ist, von den paar wirklich Frommen abgesehen, ja schon sehr lange eine Sentimentalität. Zum Teil ist sie noch Schlimmeres geworden, Reklameobjekt, Basis für Schwindelunternehmungen, beliebtester Boden für Kitschfabrikation. Das kommt daher: die Weihnacht und das Fest der Liebe und Kindlichkeit ist für uns alle schon längst nicht mehr Ausdruck eines Gefühls. Es ist das Gegenteil, ist längst nur noch Ersatz und Talmi-Nachahmung eines Gefühls. Wir tun einmal im Jahre so, als legten wir großen Wert auf schöne Gefühle, als ließen wir es uns herzlich gern etwas kosten, ein Fest unserer Seele zu feiern. Dabei kann die vorübergehende Ergriffenheit von der wirklichen Schönheit solcher Gefühle sehr echt sein; je echter und gefühlvoller sie ist, desto mehr ist sie Sentimentalität ... Unser Gefühl dabei ist dieses: »Wie schön ist doch dieser Liebesgedanke, wie wahr ist es, daß nur Liebe erlösen kann! Und wie schade und bedauerlich, daß unsere Verhältnisse uns nur einen einzigen Abend im Jahr den Luxus dieses schönen Gefühls gestatten, daß wir sonst jahraus, jahrein durch Geschäfte und andere Sorgen davon abgehalten sind!« Dies Gefühl trägt alle Merkmale der Sentimentalität.

Aus »Weihnacht«, 1917

*

Weihnachten ist ein Inbegriff, ein Giftmagazin aller bürgerlichen Sentimentalitäten und Verlogenheiten, Anlaß wilder Orgien für Industrie und Handel, großer Glanzartikel der Warenhäuser, riecht nach lackiertem Blech, nach Tannennadeln und Grammophon, nach übermüdeten, heimlich fluchenden Austrägern und Postboten, nach verlegener Feierlichkeit in Bürgerzimmern unterm aufgeputzten Baum, nach Zeitungsextrabeilagen und Annoncenbetrieb, kurz, nach tausend Dingen, die ... mir alle viel gleichgültiger und lächerlicher vorkämen, wenn sie nicht den Namen des Heilands und die Erinnerungen unserer zartesten Jahre so furchtbar mißbrauchten.

Aus »Schaufenster vor Weihnachten«, 1927

*

Was Deutschland nach dem Mittelalter der Welt zu geben hatte, gab es in der Musik. Wenn ich mich manchmal darauf zu besinnen suche, was ich an Christentum in mir habe oder wo die letzte reine Gestaltwerdung dieses Christentums liegt, so fallen mir unfehlbar die Kantaten und Passionen von Bach ein: dort, nicht in der Dichtung, ist zum letztenmal Christentum Form geworden.

Aus einem Brief vom Januar 1933 an Carlo Isenberg

*

Mein Haupteinwand gegen alle religiös-fromme Poesie ist der, daß diese eben immer der höheren Tendenz untergeordnet ist, nie Selbstzweck, also überhaupt nie wahre Kunst ist. Die Kunst als Mittel ist höchstens halbe Kunst.

Und wieviel tausendmal muß hier leider der Zweck die Mittel heiligen.

Aus einem Brief vom 4. 10. 1897 an seine Eltern

*

Alle Weisen und großen Lehrer, auch Jesus und Buddha, hatten zum Grunde ihrer Lehren das Wissen um die Einheit des Lebens und um die Vergänglichkeit und Wandelbarkeit der Masken, unter welchen das Leben sich uns zeigt. Alle wußten, was die Theologen nicht wissen dürfen: daß der Mörder und Wüstling von heute der Heilige von morgen sein kann und der Edle und Priester zum Schädling und Gift werden kann. Goethes Mephisto sagt, er gehöre zu der Kraft, die stets das Böse will und stets das Gute schafft. Es gibt auch das Gegenteil. Es gibt Unzählige, welche stets das Gute wollen und fast immer Böses tun, dem Leben Gewalt antun, die vielfältige Welt verarmen.

Aus einem Brief vom Februar 1922 an Walter Hindermann

*

Mir ist es nicht gegeben, Protestant oder Katholik, Bachianer oder Wagnerianer zu sein; mir bekommt Leben und Geschichte erst den vollen Sinn und Wert in der Mannigfaltigkeit, mit welcher Gott sich in unerschöpflich neuen Gestaltungen auslebt. Und so liebe und verehre ich, oft zum Ärger meiner lieben Nächsten, nicht nur Buddha und Jesus im selben Tempel, sondern kann auch neben Kant Spinoza, neben Nietzsche etwa Görres lieben und zu verstehen suchen, nicht aus Bildungsdrang oder Lust an Vielwisserei, sondern eben einfach aus Freude an der Vielfalt des Einen, am Reichtum der Farben, der zwischen Aristoteles und Nietzsche, zwischen Palestrina und Schubert spielt und der erst dem Leben seine ganze zärtliche Schönheit und scheinbar irrationale Buntheit gibt. Daher könnte ich neben den Geistern der Freiheit und freien Forschung niemals jene stillen Großen missen, denen Freiheit nie zur Angelegenheit des Verstandes wurde, denen Glaube und Unterordnung des Persönlichen tiefes Herzensbedürfnis war.

Aus der Rezension »Von guten deutschen Büchern«, März 1915

*

Ich für mich glaube durchaus nicht, daß es eine beste und einzig wahre Religion oder Lehre gibt – wozu auch? Buddhismus ist sehr gut und Neues Testament auch, jedes zu seiner Zeit und da, wo es not tut. Es gibt Menschen, die haben Askese nötig, und andre, die brauchen anderes. Und auch der gleiche Mensch braucht nicht immer das gleiche, sondern bald braucht er Tat und Regsamkeit, bald Versenkung in sich, bald braucht er Spiel, bald Arbeit. So sind wir Menschen, und die Versuche, uns anders zu machen, mißglücken immer. Wenn zartes Mitfühlen, Güte und Mitleid das Höchste sind, dann war Franz von Assisi einer der größten Menschen, und Calvin, Savonarola und auch Luther waren wüste verbrecherische Fanatiker. Wenn aber die Tugend der Gewissenhaftigkeit und des heroischen Gehorsams gegen die Forderungen des eigenen Gewissens hochgeschätzt

wird, dann war Calvin oder Savonarola ein wahrhaft großer Mensch. Wahr ist immer beides, und recht haben immer beide.
Als menschliches Ideal erscheint mir nicht irgendeine Tugend oder irgendein bestimmter Glaube, sondern als Höchstes, wonach Menschen streben können, erscheint mir die möglichste Harmonie in der Seele des Einzelnen. Wer diese Harmonie hat, der hat das gleiche, was die Psychoanalyse etwa freie Verfügbarkeit der Libido heißen würde und wovon das Neue Testament sagt: »Alles ist Euer.« *Aus einem Brief vom 23.3.1921 an Lisa Wenger*

*

Wir ziehen die Grenzen unserer Persönlichkeit immer viel zu eng! Wir rechnen zu unserer Person immer bloß das, was wir als individuell unterschieden, als abweichend erkennen. Wir bestehen aber aus dem ganzen Bestand der Welt, jeder von uns, und ebenso wie unser Körper die Stammtafeln der Entwicklung bis zum Fisch und noch viel weiter zurück in sich trägt, so haben wir in der Seele alles, was je in Menschenseelen gelebt hat. Alle Götter und Teufel, die je gewesen sind, ... alle sind mit in uns, sind da, als Möglichkeiten, als Wünsche, als Auswege. Wenn die Menschheit ausstürbe bis auf ein einziges halbwegs begabtes Kind, das keinerlei Unterricht genossen hat, so würde dieses Kind den ganzen Gang der Dinge wiederfinden, es würde Götter, Dämonen, Paradiese, Gebote und Verbote, Alte und Neue Testamente, alles würde es wieder produzieren können.

Aus »Demian«, 1917

Wenn wir Abendländer erst etwas Meditation gelernt haben werden, wird sie uns ganz andere Resultate zeigen als den Indern. Sie wird uns nicht zum Opium werden, sondern zu einer vertieften Selbsterkenntnis.

Aus der Rezension »Die Reden Buddhas«, Oktober 1921

*

Die geistigen Übungen, Meditationen führen in allmählichen Stufen zum Ziel der Erkenntnis. Diese beruht darin, daß das Ich sich als eine Täuschung erweist, dann tritt anstelle des Ich-Bewußtseins das Allbewußtsein, die erlöste Seele kehrt aus Vereinzelung und Irrung ins All (Nirwana) zurück.

Aus »Stichworte zu einem Vortrag über indische Kunst und Dichtung«, Januar 1922

*

Dort, wo die Gegensätze erlöschen, ist Nirwana.

Aus »Wanderung«, 1918/19

*

Das Licht aus dem Osten, die Weisheit Indiens vor allem, verträgt sich mit der eigentlichen Lehre Christi viel besser, als die Priester zugeben wollen.

Aus einem Brief vom April 1955 an Ursula Seiffert

*

Ich glaube zwar nicht materiell und wörtlich an die indische Lehre der Reinkarnation, verstehe sie aber als eine der Möglichkeiten, dem Sein einen Sinn zu geben.

Aus einem Brief vom 2. 12. 1955 an Ulla Toskas-Englert

*

Unsterblichkeit? Keinen Rappen gebe ich dafür! Wir wollen hübsch sterblich bleiben!

Aus einer Postkarte, 1956 an Karl Dettinger

*

Jeder Mensch ist nicht nur er selber, er ist auch der einmalige, ganz besondere, in jedem Fall wichtige und merkwürdige Punkt, wo die Erscheinungen der Welt sich kreuzen, nur einmal so und nie wieder. Darum ist jedes Menschen Geschichte wichtig, ewig, göttlich, darum ist jeder Mensch, solange er irgend lebt und den Willen der Natur erfüllt, wunderbar und jeder Aufmerksamkeit würdig. In jedem ist der Geist Gestalt geworden, in jedem leidet die Kreatur, in jedem wird ein Erlöser gekreuzigt.

Aus »Demian«, 1917

*

Ich habe den Weg des Egoisten oder Religiösen gewählt und betrachte die Pflichten nach außen als nebensächlich gegen die Pflichten, die wir unserer eigenen Seele schulden. Ich habe das Gefühl in mir erneuert, daß meine Seele im Kleinen ein Stück Menschheitsentwicklung darstellt und daß im Grunde jede kleine Zuckung in uns innen so wichtig ist wie Krieg und Frieden in der äußeren Welt.

Aus einem Brief vom 4. 8. 1919 an Mathilde Schwarzenbach

*

Ich halte viel vom Ertragen und von der Geduld und allen passiven Tugenden und wenig vom Kämpfen. Meine lebenslängliche Opposition ist nicht die zugunsten eines realen Zieles, sondern die des Religiösen, der grundsätzlich immer zur »Welt« im Gegensatz steht und dem jede Partei, jedes Wirkenwollen auf andre gleich verdächtig ist. Ich stehe damit ziemlich allein, da meine »Religion« keine konfessionelle Färbung hat, sie ist im Lauf meines Lebens aus indischen, chinesischen, christlichen und jüdischen Quellen langsam zusammengeronnen.

Aus einem Brief vom Mai 1933 an Klaus Mann

*

Die Weisheit des Chinesen Lao Tse und die Weisheit Jesu oder die der indischen Bhagavad-Gita weisen ebenso deutlich auf die Gemeinsamkeit der seelischen Grundlagen durch alle Völker hindurch wie die Kunst aller Zeiten und Völker. Die Seele des Menschen in ihrer Fähigkeit zu lieben, in ihrer Kraft zu leiden, in ihrer Sehnsucht nach Erlösung, die blickt uns aus jedem Gedanken, aus jeder Tat der Liebe an, bei Plato und bei Tolstoi, bei Buddha und bei Augustinus, bei Goethe und bei Tausendundeiner Nacht. Daraus soll niemand schließen, Christentum und Taoismus, platonische Philosophie und Buddhismus seien nun zu vereinigen, oder es würde aus einem Zusammengießen aller durch Zeiten und Rassen, Klima und Geschichte getrennten Gedankenwelten sich eine Idealphilosophie ergeben. Der Christ sei Christ, der Chinese Chinese, und jeder wehre sich für seine Art, zu sein und zu denken. Die Erkenntnis, daß wir alle nur getrennte Teile des ewig Einen sind, sie macht nicht *einen* Weg, nicht *einen* Umweg, nicht ein einziges Tun oder Leiden auf der Welt entbehrlich.

Aus dem Essay »Über Tolstoi und Rußland«, September 1915

*

Wenn Indien in der Askese und im mönchischen Weltentsagen Hohes und Rührendes erreicht hatte, so hatte das alte China nicht minder Wunderbares erreicht in der Zucht einer Geistigkeit, für welche Natur und Geist, Religion und Alltag nicht feindliche, sondern freundliche Gegensätze bedeuten und beide zu ihrem Recht kommen. War die indisch-asketische Weisheit jugendlich-puritanisch in ihrer Radikalität des Forderns, so war die Weisheit Chinas die eines erfahrenen, klug gewordenen, des Humors nicht unkundigen Mannes, den die Erfahrung nicht enttäuscht, den die Klugheit nicht frivol gemacht hat.

Aus »Eine Bibliothek der Weltliteratur«, 1927

*

Das indische, römische, jüdische Auge sind, Gott sei Dank, überaus verschieden. Die Nationen, Kulturen, Sprachen mögen alle Bäume sein, aber eine ist eine Linde, eine ein Ahorn, eine eine Fichte etc. Der Geist, sei er nun theologisch gekleidet oder anders, neigt immer ein wenig zu sehr zum Begriff, zur Verflachung, zur Typisierung, er ist mit »Baum« zufrieden, während Leib und Seele mit »Baum« nichts anfangen können, sondern Linde, Eiche, Ahorn brauchen und lieben. Eben darum sind die Künstler vermutlich Gottes Herzen näher als die Denker. Wenn nun Gott sich im Inder und Chinesen anders ausdrückt als im Griechen, so ist das nicht ein Mangel, sondern ein Reichtum, und wenn man alle diese Erscheinungsformen des Göttlichen mit einem Begriff zusammenfassen will, entsteht keine Eiche und keine Kastanie, sondern bestenfalls ein »Baum«.

Aus einem Brief, 1955 an Hans Dietrich Petrenz

*

Unseren modernen Kulturidealen ist das chinesische so entgegengesetzt, daß wir uns freuen sollten, auf der anderen Hälfte der Erdkugel einen so festen und ehrwürdigen Gegenpol zu besitzen. Ohne uns ihm sklavisch unterzuordnen, sollten wir vor diesem fremden Geist jene Achtung haben, ohne welche man nichts lernen und in sich aufnehmen kann, und sollten den fernsten Osten mindestens ebenso zu unseren Lehrern rechnen, wie wir es seit Goethe mit dem nahen Orient getan haben. Und wenn wir in den überaus anregenden, von Klugheit funkelnden Gesprächen des Konfuzius lesen, so sollen wir sie nicht als ein verschollenes Kuriosum aus vergangenen Zeiten betrachten, sondern daran denken, daß nicht nur die Lehre des Konfuzius dies riesige Reich durch zwei Jahrtausende erhalten und gestützt hat, sondern daß heute noch die Nachkommen des Konfuzius in China leben, seinen Namen tragen und mit Stolz von ihm wissen – woneben auch der allerälteste und kultivierteste Adel Europas kindlich jung erscheint.

Aus »Chinesisches«, 1913/1926

*

Die ernsthafte und fruchtbare Verständigung zwischen Ost und West ist nicht nur auf politischem und sozialem Gebiet die große, noch unerfüllte Forderung unserer Zeit, sie ist eine Forderung und Lebensfrage auch auf dem Gebiet des Geistes und der Lebenskultur. Es geht heute nicht mehr darum, Japaner zum Christentum, Europäer zum Buddhismus oder Taoismus zu bekehren. Wir sollen und wollen nicht bekehren und bekehrt werden, sondern uns öffnen und weiten, wir erkennen östliche und westliche Weisheiten nicht mehr als feindlich sich bekämpfende Mächte, sondern als Pole, zwischen denen fruchtbares Leben schwingt.

Aus einem Brief vom Mai 1955 an Kenji Takahashi

*

Die Gnade oder das Tao umgibt uns immerzu. Sie ist das Licht und ist Gott selbst. Wo wir einen Augenblick offenstehen, geht sie in uns ein, in jedes Kind, in jeden Weisen. *Aus einem Brief vom 1. 12. 1937 an Otto Basler*

Wenn auch der Bestand an Tao keine Verminderung erleiden kann, so kommt es doch in unseren Zeiten sehr auf den Einzelnen an, das Erbe hinüberzutragen zu den Späteren.

Aus einem Brief vom Januar 1944 an Otto Engel

*

Wo wir unser Schicksal bejahen, da blüht Tao.

Aus einem Brief um 1920 an Carl Werckshagen

*

Die Warnungen vor dem gefährlichen »Osten«, die wir zur Zeit so häufig vernehmen, stammen alle von Lagern, die Partei sind, die ein Dogma, eine Sekte, ein Rezept zu hüten haben.

Aus der Rezension »Reden des Buddha«, August 1922

*

Ost und West sind nur verübergehende Bezeichnungen für Pole unseres Inneren.

Aus einem Brief vom August 1922 an Walter Ueberwasser

*

Die Weisheit der alten Chinesen ist, wie jede Weisheit, zum Teil Tugendlehre; dies ist der konfuzianische Teil der chinesischen Philosophie. Zum Teil aber ist sie auch Mystik, Ergebnis einsamer Meditation und Vorstoß in die glühendsten Regionen seelischen Lebens – dies ist der taoistische Teil. Gemeinsam ist beiden der Geist der Ehrfurcht und Lauterkeit, der Verzicht auf jedes Schöntun und jede Sophistik und eine gewisse über allem schwebende Heiterkeit, eine gewisse Diesseitigkeit oder Weltfrömmigkeit, außerdem ist diese Weisheit bildhaft und nicht abstrakt und wird oft zu märchenhafter Gleichnis-Dichtung wie etwa bei Dschuang Dsi.

Aus der Rezension »Bücher der Kultur [1]«, November 1930

*

Wenn ich irgendwo auf besonders kräftige Ablehnung, auf instinktiven Haß oder prinzipielles Nichtverstehenwollen stoße, so gilt diese Ablehnung beinahe immer dem Einschlag von alt-asiatischem Geist, den man in meinen Erzählungen findet. Nun, diese instinktive Furcht vor dem Fremden, Nichteuropäischen in der indischen und chinesischen Lebens- und Denkart ist nach meinem Glauben dasselbe wie jeder Rassenwahn und Rassenhaß. Etwas Bekanntes, historisch und psychologisch Begreifliches, aber etwas Rückständiges, nicht mehr Lebenbringendes, etwas, das überwunden werden muß. Unterstützt wird die Rückständigkeit nicht nur durch den Fortschritts- und Technik-Enthusiasmus des Abendlandes, sondern auch durch den Anspruch des kirchlich-dogmatischen Christentums auf Alleingültigkeit.

Aus der Rezension »Salome Wilhelm, ›Richard Wilhelm‹«, April 1956

*

»Schlechtes Gewissen« ist, christlich wie psychologisch genommen, stets das Anzeichen für die Existenz eines lebendigen, gesunden, wenn schon beunruhigten Gewissens. *Aus einem Brief vom 14.9.1937 an Robert Mächler*

*

Das Gewissen ist eine Sache des Individuums, des Einzelnen, objektive Gesetze gibt es da nicht. Ich habe in jungen Jahren Schmetterlinge und Fische gefangen und habe damit aufgehört, als meine Bedenken gegen das Töten stärker wurden als die Jagdleidenschaft.

Aus einem Brief vom Juni 1947 an Will Stöver

*

Unser Gewissen ist eine hohe Instanz, aber ich zweifle daran, daß es immer die Stimme Gottes sei; und daß ihm die andere Instanz, der reine Lebenstrieb, gegenübersteht, ist gewiß ein Glück.

Aus einem Brief vom 28.10.1947 an Edmund Natter

*

Nach meiner Erfahrung lassen immer nur jene Gewissen sich anrufen und schärfen, die ohnehin schon wach sind. *Aus einem Brief vom 31.7.1960 an Robert Neumann*

*

Das Gewissen hat nichts zu tun mit Moral, nichts mit Gesetz, es kann zu ihnen in die furchtbarsten, tödlichsten Gegensätze kommen, aber es ist unendlich stark, es ist stärker als Trägheit, stärker als Eigennutz, stärker als Eitelkeit. Es zeigt noch im tiefsten Elend, in der letzten Verirrtheit immerzu einen schmalen Weg offen, nicht in die todgeweihte Welt zurück, sondern über sie hinaus, zu Gott. Schwer ist der Weg, der den Menschen zu seinem Gewissen führt, fast alle leben immer und immer gegen dieses Gewissen, sträuben sich, beladen sich schwer und schwerer, gehen zugrunde an ersticktem Gewissen, aber jedem steht in jedem Augenblick, jenseits der Leiden und der Verzweiflung, der stille Weg offen, der das Leben sinnvoll und das Sterben leicht macht. Der eine muß so lange gegen sein Gewissen toben und sündigen, bis er alle Höllen erlebt und sich mit allem Grausigen besudelt hat, um endlich, aufseufzend, den Irrtum zu fühlen und die Stunde der Wandlung zu erleben. Andere leben mit ihrem Gewissen in guter Freundschaft, seltene, glückliche und heilige Menschen, und ihnen mag geschehen, was da will, es trifft sie alles nur von außen, es trifft sie nie ins Herz, sie bleiben stets rein, das Lächeln verschwindet nicht von ihrem Gesicht.

Aus »Über Dostojewski«, März 1925

*

Es ist nichts damit getan, daß man Krieg, Technik, Geldrausch, Nationalismus etc. als minderwertig ankreidet. Man muß an Stelle der Zeitgötzen einen Glauben setzen können. *Aus einem Brief vom 4.5.1931 an Herrn R. B.*

*

Es gibt kein Bleiben in Gott! Es gibt keine Ruhe! Es gibt nur das ewige herrliche, heilige Ausgeatmetwerden und Eingeatmetwerden, Gestaltung und Auflösung, Geburt und Tod, Auszug und Wiederkehr, ohne Pause, ohne Ende.

Aus »Klein und Wagner«, 1919

*

Der Weg in die Unschuld, ins Unerschaffene, zu Gott führt nicht zurück, sondern vorwärts, nicht zum Wolf oder Kind, sondern immer weiter in die Schuld, immer tiefer in die Menschwerdung hinein.

Aus »Der Steppenwolf«, 1925-1927

*

Es geht alles vorüber und ist ein Nichts vor Gott, an dem wir mit jedem Einatmen und Ausatmen teilhaben können.

Aus einem Brief vom März 1948 an Nora Giese

*

Wenn es eine jenseitige Rechenschaft und ein jenseitiges Gericht gibt, so wird es uns nicht nach unsrer logischen, nur nach unsrer moralischen Klarheit fragen, und da werden wir mehr der Gnade als der Gerechtigkeit bedürfen.

Aus einem Brief vom Dezember 1943
an Gerhard Waldow

*

Die Reue allein hilft nichts, man kann die Gnade nicht durch Reue erkaufen, man kann sie überhaupt nicht erkaufen. *Aus »Die Morgenlandfahrt«, 1930/31*

*

Man kann jederzeit wieder unschuldig werden, wenn man sein Leid und seine Schuld erkennt und zu Ende leidet, statt die Schuld daran bei anderen zu suchen.

Aus »Kurzgefaßter Lebenslauf«, 1921-1924

*

Was mir an einem Glauben wie dem Ihren nicht ganz gefällt, ist die Einseitigkeit, mit der Sie ihn an meine Person und meine Schriften knüpfen. Denn dieselben Wahrheiten sind überall, durch alle Zeiten und Literaturen, von einer geistigen Oberschicht der Menschheit geglaubt und gesagt worden. Daß die Masse sie nicht annimmt, daß also unser Reich »nicht von dieser Welt« ist, hat niemand so genau gewußt und so scharf formuliert wie Jesus. Diese Wahrheiten werden nie Gemeingut werden und die menschliche Dummheit abschaffen. Sie werden aber auch ebenso unsterblich sein wie jene Dummheit.

Aus einem Brief vom Oktober 1951 an Eleonore Vondenhoff

*

Ich vermeide es, Angehörige einer Kirche und Religionsgemeinschaft in ihrem Glauben irre zu machen. Für die

Mehrzahl der Menschen ist es sehr gut, einer Kirche und einem Glauben anzugehören. Wer sich davon löst, der geht zunächst einer Einsamkeit entgegen, aus der sich mancher bald wieder in die frühere Gemeinschaft zurücksehnt. Er wird erst am Ende seines Weges entdekken, daß er in eine neue große, aber unsichtbare Gemeinschaft eingetreten ist, die alle Völker und Religionen umfaßt. Er wird ärmer um alles Dogmatische und alles Nationale und wird reicher durch die Brüderschaft mit Geistern aller Zeiten und aller Nationen und Sprachen.

Aus einem Brief vom März 1960
an Eduardo Perez de Leon

*

Freiheit von Konventionen ist nicht gleichbedeutend mit innerer Freiheit. Für edlere Menschen ist das Leben in einer Welt ohne fest formulierten Glauben nicht leichter, sondern viel schwerer, weil sie sich alle Bindungen, unter die sie ihr Leben stellen sollen, eigentlich erst selbst schaffen und wählen müssen.

Aus einem Brief vom 8.5.1932
an die Mutter eines Selbstmörders

*

Woran wir beide, [Thomas Mann] und ich, trotz Resignation und mancherlei Skepsis glauben, ist natürlich nichts Theologisches, wir glauben beide nicht an ein Walten und Eingreifen »höherer« Mächte unabhängig vom menschlichen Willen, aber wir glauben an einen in

Zahlen nicht auszudrückenden Fonds von Anständigkeit, gutem Willen und Friedensliebe bei der Mehrzahl der Menschen, und wir glauben einigermaßen auch an die Möglichkeit, dies bescheidene Gute bei unsern Lesern zu wecken und zu stärken. Wir sind damit nicht allein. *Aus einem Brief vom 8. 8. 1950 an Karl Dettinger*

*

Unlösbar sind die Fragen nach dem Wesen Gottes oder des Weltgeistes, nach Sinn und Lenkung des Universums, nach der Entstehung der Welt und des Lebens. Das Denken und Debattieren darüber kann ein schönes und interessantes Spiel sein, zur Lösung unserer Lebensprobleme führt es nicht.

Aus einem Brief vom Juli 1961 an Kenro Takahashi

*

Zur Sonne zielen alle Erden, / Des Dunkels Traum ist: Licht zu werden *Aus dem Gedicht »Orgelspiel«, 1937*

Tod

Man stirbt ja so verflucht langsam und stückchenweise: Jeder Zahn, Muskel und Knochen nimmt extra Abschied, als sei man mit ihm besonders gut gestanden.

Aus einem Brief vom 25. 10. 1929 an Emmy Ball-Hennings

*

Gegen den Tod brauche ich keine Waffe, weil es keinen Tod gibt. Es gibt aber eines: Angst vor dem Tode. Die kann man heilen. *Aus »Klingsors letzter Sommer«, 1919*

*

Bruder Tod

Auch zu mir kommst du einmal,
Du vergißt mich nicht,
Und zu Ende ist die Qual,
Und die Kette bricht.

Noch erscheinst du fremd und fern,
Lieber Bruder Tod,
Stehest als ein kühler Stern
Über meiner Not.

Aber einmal wirst du nah
Und voll Flammen sein –
Komm, Geliebter, ich bin da,
Nimm mich, ich bin dein.

1918

Todesruf ist auch Liebesruf. Der Tod wird süß, wenn wir ihn bejahen, wenn wir ihn als eine der großen, ewigen Formen des Lebens und der Verwandlung annehmen.

Aus einem Brief vom 22. 8. 1937 an Gunter Böhmer

*

Nach jedem Tod wird das Leben zarter und feiner.

Aus einem undatierten Brief an einen unbekannten Empfänger

*

Schritte, die man getan hat, und Tode, die man gestorben ist, soll man nicht bereuen. *Aus »Heimat«, 1918*

*

Eine Agonie ist auch ein Lebensvorgang, nicht weniger als eine Geburt, und oft kann man beides verwechseln.

Aus einem Brief vom 11. 4. 1922 an Emmy Ball-Hennings

*

Ich sah in einer Nacht, wo ich bei einer Gebärenden helfen mußte: daß der größte Schmerz und die höchste Wollust einen ganz ähnlichen Ausdruck haben.

Aus »Narziß und Goldmund«, 1927-1929

*

Einschlafen dürfen, wenn man müde ist, und eine Last fallen lassen dürfen, die man sehr lang getragen hat, das ist eine köstliche, eine wunderbare Sache.

Aus »Das Glasperlenspiel«, 1931-1942

*

So wenig ich Willensfreiheit und Fortleben nach dem Tode wissenschaftlich beweisbar, ja nur annehmbar finde, so entschieden will doch eine stärkere und innigere Macht in mir beides und alles, was damit zusammenhängt und daraus folgt, wahrhaben. Ich kann das in theoretischer Form nicht ausdrücken, aber bildlich muß ich es immer wieder sagen.

Aus einem Brief vom 13. 5. 1907 an Karl Isenberg

*

Sterben heißt ins kollektive Unbewußtsein eintreten, sich darin verlieren, um in Form, in reine Form verwandelt zu werden.

Aus einem Gespräch mit Miguel Serrano, 1953

*

Den Buddhisten ist das Disputieren über Nirwana verboten. Ob Nirwana Erlöschen oder Einssein mit Gott sei, ob es negativ oder positiv, Seligkeit oder nur Ruhe bedeute, darüber zu sprechen, hat Buddha abgelehnt und verboten. Ich glaube auch, daß der Streit hierüber unnütz ist. Nirwana ist, wie ich es verstehe, das Zurückkehren des Einzelnen zum ungeteilten Ganzen, der erlösende Schritt hinter das principium individuationis zurück, also, religiös ausgedrückt: Rückkehr der Einzelseele zur Allseele, zu Gott.

Aus einem Tagebuch, 1920/21

*

Den guten Garten des Todes weiß ein jeder auf sich warten. / Doch unausdenklich ist es: drüben sein.

Aus dem Gedicht »Nach einem Begräbnis«, 1935

*

Mit denen, die wir nicht mehr sehen, verkehren wir auf eine andere Art als mit denen, die noch »da« sind. Aber gegenwärtig sein können sie uns nicht weniger, oft ist ihre Nähe noch stärker als jede andere.

Aus einer Postkarte vom August 1942 an Lene Gundert

*

Wohl denen, die an das Wiedersehen in einer anderen Existenzform glauben! Wir andern müssen uns mit der Erfahrung begnügen, daß geliebte Tote uns gegenwärtiger und lebendiger sein können als alle Lebenden. Zu Zeiten, für Stunden nur, aber es sind unsre besten.

Aus einem Brief vom 10.8.1951 an Arthur Frey

*

Wenn einem ein Freund gestorben ist, merkt man erst, in welchem Grade und welcher besondern Färbung man ihn geliebt hat. Und es gibt ja viele Grade und viele Färbungen der Liebe. Und meistens zeigt sich dann, daß Lieben und Kennen nahezu dasselbe sind, daß man den Menschen, den man am meisten liebte, auch am besten kennt. Der Grad des Schmerzes, den man im Augenblick des Verlustes empfindet, ist nicht entscheidend, er hängt zu sehr von unsrem augenblicklichen Zustand ab. Es gibt Zeiten, Tage, Stunden, in denen wir mit der Vergänglichkeit und dem Gesetz des Welkens und Sterbens einverstanden sind, da trifft uns eine Todesnachricht nur so wie ein Windhauch im Herbst den Baum trifft: er schaudert leicht und seufzt ein wenig, läßt eine Handvoll welken Laubes dahinwehen und sinkt in seine träumende Ruhe zurück. Zu andern Stunden würde der Schmerz über denselben Tod wie Feuer brennen oder wie ein Axthieb treffen. Es ist auch nicht dasselbe, ob ein Tod uns überrascht oder ob wir ihn erwartet, oft gefürchtet, oft in der Phantasie vorauserlebt haben.

Aus »Freund Peter«, 1959

*

Schmerz und Klage sind unsre erste, natürliche Antwort auf den Verlust eines geliebten Menschen. Sie helfen uns durch die erste Trauer und Not, sie genügen aber nicht, um uns mit den Toten zu verbinden. Das tut auf primitiver Stufe der Totenkult: Opfer, Grabschmuck, Denkmäler, Blumen. Auf unsrer Stufe aber muß das Totenopfer in unsrer eigenen Seele vollzogen werden, durch Gedenken, durch genaueste Erinnerung, durch Wiederaufbau des geliebten Wesens in unsrem Innern. Vermögen wir dies, dann geht der Tote weiter neben uns, sein Bild ist gerettet und hilft uns, den Schmerz fruchtbar zu machen.

Aus »Worte beim Tod eines nahen Freundes«, 1955

*

Der Gestorbene ist nicht zufällig, nicht sinnlos, nicht grausam und böse weggerissen worden, sondern die Aufgabe seines Lebens war zu Ende, und er ist weggegangen, um in neuer Gestalt wiederzukommen und weiterzuwirken. »Seine Aufgabe war zu Ende« heißt natürlich nicht, daß er nicht noch viele Jahre hätte Wertvolles leisten können oder daß er ersetzbar wäre. Aber für ihn selber, für den innersten Sinn seines Lebens, war das Ziel erreicht, er war reif, und wenn er auch ungern starb, weiß er das heute doch, und von dem, was er war, ist nichts verloren und zerstoben. So ist mein Glaube. Es gibt keinen Tod. Jedes Leben ist ewig, jeder Mensch kehrt wieder. Es gibt in jedem Menschen ein innerstes Ich, das kein Tod zerstört ... Ich glaube zwar nicht an ein persönliches Wiedersehen oder an einen Verkehr mit »Geistern«. Aber ich glaube ... an unsre Verbundenheit in Geist und Tat mit denen, die uns verlassen haben. Nicht im Tod, nur im Leben finden wir das wieder, was an den Toten ewig und unsterblich ist.

Aus einem Brief vom 30. 12. 1920 an Anne Rümelin

*

Die Dahingegangenen bleiben mit dem Wesentlichen, womit sie auf uns gewirkt haben, mit uns lebendig, solange wir selber leben. Manchmal können wir sogar besser mit ihnen sprechen und uns Rat von ihnen holen als von den Lebenden.

Aus einem Brief vom 4. 1. 1939 an Lydia Link

*

Ich bin des Glaubens, daß wir nicht ins Nichts gehen, ebenso wie ich des Glaubens bin, daß unsere Arbeit und Sorge um das, was uns das Gute und Rechte schien, nicht vergebens war. Aber in welcher Form das Ganze uns Teile belebt und immer wieder festhält, darüber kann ich wohl zuweilen phantasieren, aber nicht eine dogmatisch festgelegte Meinung annehmen. Glauben ist Vertrauen, nicht Wissenwollen.

Aus einem Brief vom 24. 7. 1937 an Maximilian von Wiser

*

Der Vernünftige glaubt, daß die Erde dem Menschen zur Ausbeutung ausgeliefert sei. Sein gefürchtetster Feind ist der Tod, der Gedanke an die Vergänglichkeit seines Lebens und Tuns. An ihn zu denken vermeidet er, und wo er dem Todesgedanken nicht entgehen kann, flüchtet er in die Aktivität und setzt dem Tode ein verdoppeltes Streben entgegen: nach Gütern, nach Erkenntnissen, nach Gesetzen, nach rationaler Beherrschung der Welt.

Aus »Ein Stückchen Theologie«, 1932

Zum Tod habe ich das gleiche Verhältnis wie früher, ich hasse ihn nicht und fürchte ihn nicht. Wenn ich einmal untersuchen wollte, mit wem und mit was ich nächst meiner Frau und meinen Söhnen am meisten und am liebsten Umgang habe, so würde sich zeigen, daß es lauter Tote sind, Tote aller Jahrhunderte, Musiker, Dichter, Maler. Ihr Wesen, verdichtet in ihren Werken, lebt fort und ist mir viel gegenwärtiger und realer als die meisten Zeitgenossen. Und ebenso ist es mit den Toten, die ich im Leben gekannt, geliebt und »verloren« habe, meinen Eltern und Geschwistern, meinen Jugendfreunden – sie gehören zu mir und meinem Leben, heute ebenso wie einst, als sie noch lebten, ich denke an sie, träume von ihnen und rechne sie mit zu meinem täglichen Leben. Dies Verhältnis zum Tod ist also kein Wahn und keine hübsche Phantasie, sondern ist real und gehört zu meinem Leben. Ich kenne wohl die Trauer über die Vergänglichkeit, die kann ich mit jeder welkenden Blume empfinden. Aber es ist eine Trauer ohne Verzweiflung.

Aus einem Brief vom Juli 1955 an Hans Bayer

*

Die Jugend redet zwar gern vom Tode, aber denkt doch nie an ihn. Bei den Alten ist es umgekehrt. Die Jungen glauben ewig zu leben und können darum alle Wünsche und Gedanken auf sich selber stellen. Die Alten haben schon gemerkt, daß irgendwo ein Ende ist und daß alles, was einer für sich allein hat und tut, am Ende in ein Loch fällt und für nichts war. Darum braucht er eine andere Ewigkeit und den Glauben, er arbeite nicht bloß für die Würmer.

Aus »Gertrud«, 1907/08

Wie da so allmählich alle hinwegschwinden und man am Ende weit mehr Nahe und Nächste »drüben« hat als hier, wird man unversehens selber auf dies Drüben neugierig und verlernt die Scheu, die der noch fest Umbaute davor hat.

Aus einem Brief vom 17.3.1950 an Thomas Mann

*

Als ich etwa fünfzehn Jahre alt war, verblüffte uns einmal einer unserer Lehrer mit der Behauptung, der Selbstmord sei die größte moralische Feigheit, die der Mensch begehen könne. Ich hatte bis dahin eher dazu geneigt zu glauben, daß ein gewisser Mut, ein gewisser Trotz und Schmerz dazu gehöre, und hatte für die Selbstmörder eine mit Grauen gemischte Hochachtung empfunden. So war der mit dem Anspruch eines Axioms vorgetragene Spruch des Lehrers mir wirklich für den Moment eine Verblüffung, ich stand dumm und ohne Erwiderung vor diesem Spruch, er schien ja alle Logik und alle Moral für sich zu haben. Doch hielt die Verblüffung nicht lange vor, ich kehrte bald dazu zurück, auch meinen eigenen Gefühlen und Gedanken wieder zu glauben, und so sind die Selbstmörder mir zeitlebens beachtenswert, sympathisch und irgendwie, wenn auch auf düstere Weise, ausgezeichnet erschienen, Beispiele eines menschlichen Leidens, dem die Phantasie jenes Lehrers nicht nachkam, und eines Mutes und Trotzes, den ich nur lieben konnte. Auch sind in der Tat die Selbstmörder, die ich gekannt habe, lauter zwar problematische, aber wertvolle, überdurchschnittliche Menschen gewesen. Und daß sie außer der Courage, sich die Kugel in den Kopf zu schießen, auch noch die Courage und den Trotz gehabt hatten, sich den Lehrern und der Moral unbeliebt und verächtlich zu machen, konnte mein Mitgefühl nur erhöhen.

Aus »Stunden am Schreibtisch«, 1949

*

Wenn einem Menschen, so denke ich mir, durch Natur, Erziehung und Schicksal der Selbstmord unmöglich und verboten ist, dann wird er ihn, auch wenn gelegentlich die Phantasie ihn mit diesem Ausweg in Versuchung führt, nicht ausführen können, es wird ihm einfach verboten bleiben. Ist es anders, und wirft einer das Leben, das ihm unerträglich geworden ist, entschlossen von sich, so hat er nach meiner Meinung dazu dasselbe Recht, wie andre es auf ihren natürlichen Tod haben. Ach, bei manchen, die sich umgebracht haben, habe ich ihren Tod als natürlicher und sinnvoller empfunden denn so manchen andern!

Aus »Stunden am Schreibtisch«, 1949

*

Was den freiwilligen Tod betrifft: ich sehe in ihm weder eine Sünde noch eine Feigheit. Aber ich halte den Gedanken, daß dieser Ausweg uns offensteht, für eine gute Hilfe im Bestehen des Lebens und seiner Bedrängnisse.

Aus einem Brief vom 6. 8. 1960 an M. Böhmer

*

Das Selbstmördertum hört erst mit der vollendeten Tat auf, sentimental zu sein.

Aus einem Brief vom 12. 1. 1949 an Gerold Valentin

*

Zahllose Menschen haben oft in ihrem Leben Lust zum Selbstmord gespürt, und doch war die Lust des Lebens offenbar größer als der Reiz des Todes, denn sie leben noch.

Aus einem Brief vom Herbst 1946 an R. M. Röhrisch

*

Wer den Weg der Reife einmal betreten hat, der kann nicht mehr verlieren, nur gewinnen. Bis einmal auch ihm die Stunde kommt, wo er die Käfigtür offen findet und mit einem letzten Herzklopfen dem Unzulänglichen entschlüpft.

Aus »Zum Gedächtnis«, 1916

*

Wir sind neugierig auf Südamerika, auf unentdeckte Buchten der Südsee, auf die Pole der Erde, auf das Verstehen der Winde, Ströme, Blitze, Lawinen – aber wir sind noch unendlich viel neugieriger auf den Tod, auf das letzte und kühnste Erlebnis unseres Daseins. Denn wir glauben zu wissen, daß von allen Erkenntnissen und Erlebnissen nur die wohlverdient und befriedigend sein können, um die wir gern das Leben hingeben.

Aus »Reiselust«, 1910

Jeder Lauf, ob zur Sonne oder zur Nacht, führt zum Tode, führt zu neuer Geburt, deren Schmerzen die Seele scheut. Aber alle gehen den Weg, alle sterben, alle werden geboren, denn die ewige Mutter gibt sie ewig dem Tag zurück.

Aus einem Brief vom September 1940 an Rolf Conrad

Hermann Hesse

**Die neuen Lesebücher
im suhrkamp taschenbuch**

Gedanken aus seinen Büchern und Briefen
Zusammengestellt von Volker Michels

Leben ist Werden
st 3973. 106 Seiten

Unerschrocken denken
st 3974. 114 Seiten

Der innere Kompaß
st 3975. 110 Seiten

Ermutigungen
st 3976. 114 Seiten

Lieben, das ist Glück
st 3977. 90 Seiten

Kunst – die Sprache der Seele
st 3978. 110 Seiten

NF 673/1/3.08

Hermann Hesse
im Suhrkamp und im Insel Verlag
Eine Auswahl

Gebundene Sonderausgaben

Demian. Die Geschichte von Emil Sinclairs Jugend. Mit einem Nachwort von Volker Michels. 246 Seiten. Gebunden

Das Glasperlenspiel. Versuch einer Lebensbeschreibung des Magister Ludi Josef Knecht samt Knechts hinterlassenen Schriften. 608 Seiten. Gebunden

Narziß und Goldmund. Erzählung. Mit einem Nachwort von Volker Michels. 384 Seiten. Gebunden

Siddhartha. Eine indische Dichtung. Mit einem Nachwort von Volker Michels. 160 Seiten. Gebunden

Der Steppenwolf. Mit Texten und Entwürfen zur Entstehung des Romans. Mit einem Nachwort von Volker Michels. 352 Seiten. Gebunden

Unterm Rad. Erzählung. 214 Seiten. Gebunden

Sonderausgaben mit CD

Mit der Reife wird man immer jünger. Betrachtungen und Gedichte über das Alter. Herausgegeben von Volker Michels. Mit Fotografien von Martin Hesse. Gebundene Sonderausgabe mit CD. st 3551. 192 Seiten

Über das Glück. Betrachtungen und Gedichte. Gebundene Sonderausgabe mit CD. st 3731. 248 Seiten

NF 550/1/2.08

Hermann Hesse Lesebücher
Zusammengestellt von Volker Michels

Eigensinn macht Spaß. Individuation und Anpassung.
204 Seiten. Gebunden. it 2856. 192 Seiten

Die Einheit hinter den Gegensätzen. Religionen und Mythen.
207 Seiten. Gebunden. it 2898. 192 Seiten

Jedem Anfang wohnt ein Zauber inne. Lebensstufen.
207 Seiten. Gebunden. it 2854. 208 Seiten

Das Leben bestehen. Krisis und Wandlung.
208 Seiten. Gebunden. it 2858. 196 Seiten

Das Lied des Lebens. Die schönsten Gedichte.
240 Seiten. Gebunden. it 2859. 256 Seiten

Mit dem Erstaunen fängt es an. Herkunft und Heimat. Natur und Kunst. 206 Seiten. Gebunden. it 2899. 195 Seiten

Mit der Reife wird man immer jünger. Betrachtungen und Gedichte über das Alter. it 2857. 148 Seiten

Wer lieben kann, ist glücklich. Über die Liebe.
223 Seiten. Gebunden. it 2855. 224 Seiten

NF 550/2/2.08

Hermann Hesse
Die großen Romane und Erzählungen
im suhrkamp taschenbuch

Demian. Die Geschichte von Emil Sinclairs Jugend. st 3852. 154 Seiten

Narziß und Goldmund. Erzählung. st 3854. 304 Seiten.

Peter Camenzind. Mit einem Nachwort von Siegfried Unseld. st 3850. 162 Seiten

Siddhartha. Eine indische Dichtung. st 3853. 120 Seiten

Der Steppenwolf. st 3855. 229 Seiten

Unterm Rad. Roman. st 3851. 168 Seiten

Hermann Hesse in der Suhrkamp BasisBibliothek
Mit einem Kommentar von Heribert Kuhn

Demian. Die Geschichte von Emil Sinclairs Jugend. SBB 16. 240 Seiten

Narziß und Goldmund. Erzählung. SBB 40. 408 Seiten

Peter Camenzind. SBB 83. 215 Seiten

Siddhartha. Eine indische Dichtung. SBB 2. 192 Seiten

Der Steppenwolf. SBB 12. 312 Seiten

Unterm Rad. Erzählung. SBB 34. 288 Seiten

NF 550/3/2.08

Hermann Hesse
Sämtliche Erzählungen
im suhrkamp taschenbuch

Erlebnis in der Knabenzeit. Sämtliche Erzählungen. 1899–1902. st 3801. 327 Seiten

Heumond. Sämtliche Erzählungen 1903–1905. st 3802. 288 Seiten

Das erste Abenteuer. Sämtliche Erzählungen 1905–1907. st 3803. 349 Seiten

Die Heimkehr. Sämtliche Erzählungen 1908–1910. st 3804. 353 Seiten

Der Weltverbesserer. Sämtliche Erzählungen 1910–1918. st 3805. 359 Seiten

Traumfährte. Sämtliche Erzählungen 1919–1955. st 3806. 364 Seiten

Hermann Hesse als Maler

Farbe ist Leben. Eine Auswahl seiner schönsten Aquarelle. Vorgestellt von Volker Michels. it 1810. 173 Seiten

Magie der Farben. Aquarelle aus dem Tessin. Mit Betrachtungen und Gedichten. Auswahl und Nachwort von Volker Michels. it 482. 128 Seiten

Spiel mit Farben. Der Dichter als Maler. Mit 230 Aquarellen von Hermann Hesse. Herausgegeben von Volker Michels. 276 Seiten. Gebunden

NF 550/4/2.08

Betrachtungen und Gedichte

Bäume. Betrachtungen und Gedichte. Mit Fotografien. Ausgewählt von Volker Michels. it 455. 140 Seiten

Die Gedichte. Herausgegeben und mit einem Nachwort von Volker Michels. 848 Seiten. Gebunden. it 2762. 848 Seiten

Freude am Garten. Betrachtungen und Gedichte. Mit farbigen Abbildungen. Herausgegeben von Volker Michels. it 2204. 233 Seiten

Gedichte des Malers. Zehn Gedichte mit farbigen Zeichnungen von Hermann Hesse. it 893. 48 Seiten

Hesse für Gestreßte. Herausgegeben von Volker Michels. it 2538. 158 Seiten

Jahreszeiten. Betrachtungen, Gedichte und Aquarelle mit einem Kalendarium. Zusammengestellt von Volker Michels. it 2339. 144 Seiten

Lektüre für Minuten. Gedanken aus seinen Büchern und Briefen. Auswahl und Nachwort von Volker Michels. 295 Seiten. Gebunden

Liebesgedichte. Ausgewählt von Volker Michels. it 2826. 124 Seiten

Mit Hesse durch das Jahr. 128 Seiten. Gebunden

Stufen. Ausgewählte Gedichte. BS 342. 256 Seiten

Stufen des Lebens. Briefe. IB 1231. 120 Seiten

Vom Wert des Alters. Mit Fotografien des Dichters von Martin Hesse. 280 Seiten. Gebunden

NF 550/5/2.08

Wunder der Liebe. Liebesgedichte. Herausgegeben und mit einem Nachwort von Volker Michels. it 2263. 125 Seiten

Wege nach Innen. 25 Gedichte. Ausgewählt und mit einem Nachwort von Siegfried Unseld. IB 1212. 80 Seiten

Hermann Hesse und die Literatur

Dank an Goethe. Betrachtungen, Rezensionen, Briefe. Mit einem Essay von Reso Karalaschwili. Neu zusammengestellt von Volker Michels. it 2250. 213 Seiten

Eine Literaturgeschichte in Rezensionen und Aufsätzen. Herausgegeben von Volker Michels. st 252. 600 Seiten

Die Welt der Bücher. Betrachtungen und Aufsätze zur Literatur. Zusammengestellt von Volker Michels. st 415. 373 Seiten

Die Welt im Buch. Herausgegeben von Volker Michels
- Leseerfahrungen I. Rezensionen und Aufsätze aus den Jahren 1900–1910. 640 Seiten. Gebunden
- Leseerfahrungen II. Rezensionen und Aufsätze aus den Jahren 1911–1916. In Zusammenarbeit mit Heiner Hesse. 807 Seiten. Gebunden
- Leseerfahrungen III. Rezensionen und Aufsätze aus den Jahren 1917–1925. In Zusammenarbeit mit Heiner Hesse und Marco Schickling. 806 Seiten. Gebunden
- Leseerfahrungen IV. Rezensionen und Aufsätze aus den Jahren 1926–1934. In Zusammenarbeit mit Heiner Hesse und Marco Schickling. 770 Seiten. Gebunden
- Leseerfahrungen V. Rezensionen und Aufsätze aus den Jahren 1935–1962. In Zusammenarbeit mit Heiner Hesse und Marco Schickling. 683 Seiten. Gebunden

NF 550/6/2.08

Briefe und Briefwechsel

Ausgewählte Briefe. Erweiterte Ausgabe. Zusammengestellt von Hermann Hesse und Ninon Hesse. st 211. 567 Seiten

Briefe an Freunde. Rundbriefe 1946–1962 und späte Tagebücher. Herausgegeben von Volker Michels. it 2642. 299 Seiten

Gesammelte Briefe. Vier Bände in Kassette. In Zusammenarbeit mit Heiner Hesse herausgegeben von Ursula und Volker Michels. 2322 Seiten. Gebunden

Hermann Hesse. »Liebes Herz!« Briefwechsel mit seiner zweiten Frau Ruth. Herausgegeben von Ursula und Volker Michels. Mit Abbildungen. 644 Seiten. Gebunden

Hermann Hesse. »Die dunkle und wilde Seite der Seele«. Briefwechsel mit seinem Psychoanalytiker Josef Bernhard Lang. 1916–1945. Herausgegeben von Thomas Feitknecht. Mit Abbildungen. 442 Seiten. Gebunden

Hermann Hesse/Hugo Ball und Emmy Ball-Hennings. Briefwechsel 1921–1927. Herausgegeben und kommentiert von Bärbel Reetz. 616 Seiten. Gebunden

Hermann Hesse/Rudolf J. Humm. Briefwechsel. Herausgegeben von Ursula und Volker Michels. Mit acht Fotografien. 344 Seiten. Gebunden

Hermann Hesse/Thomas Mann. Briefwechsel. Herausgegeben von Anni Carlsson und Volker Michels. Mit Fotografien und Abbildungen. 378 Seiten. Gebunden

Hermann Hesse/Stefan Zweig. Briefwechsel. Herausgegeben Volker Michels. BS 1407. 209 Seiten. Gebunden

NF 550/7/2.08

Biographien

Hugo Ball. Hermann Hesse. Sein Leben und sein Werk. st 385. 194 Seiten

Ralph Freedman. Hermann Hesse. Autor der Krisis. Eine Biographie. Übersetzt von Ursula Michels-Wenz. st 3088. 540 Seiten

Hermann Hesse. Sein Leben in Bildern und Texten. Herausgegeben von Volker Michels. Vorwort von Hans Mayer. Gestaltet von Willy Fleckhaus. Großformat. st 3218. 368 Seiten

Gisela Kleine. Zwischen Welt und Zaubergarten. Ninon und Hermann Hesse. Ein Leben im Dialog. Mit Fotografien. st 1384. 656 Seiten

Birgit Lahann. Hermann Hesse. Dichter für die Jugend der Welt. Ein Lebensbericht. Mit farbigen Fotografien von Ute Mahler. st 3478. 153 Seiten

Michael Limberg. Hermann Hesse. Leben – Werk – Wirkung. sb 1. 159 Seiten

Volker Michels. Hermann Hesse. Leben und Werk im Bild. Mit dem »Kurzgefaßten Lebenslauf« von Hermann Hesse. it 36. 235 Seiten

Alois Prinz. »Und jedem Anfang wohnt ein Zauber inne«. Die Lebensgeschichte des Hermann Hesse. st 3742. 403 Seiten

Herbert Schnierle-Lutz. Hermann Hesse. Schauplätze seines Lebens. it 1964. 345 Seiten

NF 550/8/2.08

Über Hermann Hesse

Siegfried Unseld. Begegnungen mit Hermann Hesse. st 218. 268 Seiten

Über Hermann Hesse. Erster Band (1904–1962). Herausgegeben von Volker Michels. st 331. 473 Seiten

Über Hermann Hesse. Zweiter Band (1963–1977). Herausgegeben von Volker Michels. st 332. 523 Seiten

NF 550/9/2.08